Eine verhängnisvolle Sucht

AF194526

Manfred Bilinsky

Eine verhängnisvolle Sucht

Bibliografische Information der Deutschen Nationalbibliothek:
Die Deutsche Nationalbibliothek verzeichnet diese Publikation in der Deutschen Nationalbibliografie; detaillierte bibliografische Daten sind im Internet über http://dnb.dnb.de abrufbar.

Herstellung und Verlag: BoD – Books on Demand, Norderstedt

ISBN: 978 375 6222 346

Der Autor, Manfred Bilinsky, verfasst seine Romane in einer leicht lesbaren und einfachen Sprache.

Seine Geschichten sind vorwiegend mit Dialogen versehen und die erotischen Szenen sind sehr mutig und freizügig erzählt.

Die sexuellen Erzählungen sind wahre Geschichten von lesbischen Paaren. Es mag vermutlich nicht auf alle Paare zutreffen, doch handeln diese Erzählungen von Paaren, die diese dem Autor anvertrauten und offenbarten.

Ebenso die sexuellen Erzählungen der Buch-Figur Sandra, bezüglich ihrer Sex-Lust, inklusive wildem und hartem Sex, zwecks Selbstbestrafung, sind wahre Erlebnisse, einer betroffenen Frau.

Claudia, die Inhaberin der Boutique „Nylon-Queens", kontrollierte die letzten Details für die bevorstehende Modenschau. Dieses kleine Event diente vorwiegend für die Präsentation der neu angelieferten Kollektion für ihre Stammkunden und natürlich um neue Kunden zu gewinnen. Für diese Modenschau bat sie ihre Freundin Sandra und gute Kundinnen als Models einzuspringen.

Ihre Nervosität war groß, jedoch sank ihre Anspannung, als ihre mittlerweile seit 2 Jahren beste Freundin Sandra, in das Geschäft kam. Sie begrüßten sich wie immer herzlich mit einem Küsschen.

Für die Boutique Besitzerin war Sandra unentbehrlich. Die 30-Jährige hatte die perfekten Masse und ihre Schönheit fesselte die Männer und die Frauen gleichermaßen. Claudia war überglücklich Sandra als Freundin gewonnen zu haben. Nur wenige Tage, nachdem Sandra mit ihrer Tochter in die kleine Stadt zog, begegneten sie sich in der Boutique. Sandra war ebenfalls eine modebewusste Frau, die Nylonstrümpfe über alles liebte. Ihre gemeinsame Liebe zu diesen Nylonstrümpfen, war der Beginn einer tiefen Freundschaft. Ihre Interessen waren identisch und auf dem gleichen Niveau. Es war nicht nur der Hauch von Erotik, sondern das besondere und einzigartige Gefühl, ihre schönen Beine mit den Strümpfen zu unterstreichen.

Für diese Modenschau nahm sich die Sekretärin Sandra, gerne die Zeit um ihre Freundin zu unterstützen.

Sandras 14-jährige Tochter Julia war ebenfalls in die Modenschau involviert. Für sie war es das erste Mal. Dementsprechend war auch ihre Aufregung sehr groß. Um diese zu mindern, half sie seit Stunden bei den Vorbereitungen.

Kurz bevor die Gäste kamen und die Modenschau so gut wie fertig vorbereitet war, ergriff sich Claudia ihre Freundin.

Sie sagte ganz aufgeregt: „Heute kommt der gutaussehende Mann, den ich vorige Woche bei der Mode-Messe kennengelernt hatte."

Sandra freute sich für Claudia: „Hey, das ist ja wunderbar. Ich bin schon sehr gespannt auf deinen Traum-Mann."

Claudia umarmte Sandra und begann zu tanzen: „Ja, ich spüre und rieche die Liebe, die um uns in der Luft schwebt. Es wird ein wunderschöner Tag."

Julia kam hinzu und schmunzelte: „Beginnt ihr jetzt schon mit der Party?"

Claudia: „Natürlich. Wir feiern die Liebe und es wird eine große Liebes-Party."

Julia: „Zuerst müssen Mama und ich den Laufsteg ohne Pannen überstehen."

Claudia: „Da mache ich mir keine Sorgen. Mit euch Beiden, habe ich die besten Models."

Julia: „Wer fängt eigentlich an? Und mit welchem Outfit? Gibt es einen Plan?"

Claudia löste sich von Sandra und holte die zeitliche Einteilungsaufstellung samt der Modepräsentation von der Theke. Diese übergab sie Julia. Die Models versammelten sich um Julia und begutachteten den Tagesablauf.

Die Stimmung in der Boutique war heiter und fröhlich. Alle Personen gaben ihr Bestes, um die Modenschau perfekt zu inszenieren.
Nach dem Eintreffen der ersten Gäste, servierte die Inhaberin persönlich die gefüllten Sektgläser. Als die Gäste immer mehr wurden, sprang Sandra spontan als Kellnerin ein. Zusammen schafften sie den unerwarteten Ansturm.

Nun erklang Musik und Nina präsentierte als Erste ein Outfit der neuen Kollektion, gefolgt von Alexandra. Im Anschluss kam Julia mit ihrer Mutter. Den Gästen gefiel es genauso wie den Hobby-Models und der Inhaberin. Sogar während dem Outfitwechsel in der Kabine, waren alle gut gelaunt. Gegenseitig halfen sich die Models beim Umziehen. Mittlerweile war die Boutique überfüllt und bei offener Tür, kamen laufend Gäste hinzu, die das Geschehen von draußen mitansehen konnten. Claudia war gerührt. Nicht im Traum hätte sie diesen Erfolg erwartet. Die Models waren voller Energie und präsentierten ein Outfit nach dem anderen. Auffallend viel Applaus gab es bei Sandra und Julia, die sich sehr ähnlich sahen. Niemand hätte sich gedacht, dass es sich hierbei um Mutter und Tochter handelte. Julia sah aus wie ihre Mutter. Das Make-up tat ihr übriges. Julia fühlte sich mehr als Frau und weniger als Teenager.

Endlich kam auch der Traummann von Claudia. Sie begrüßte ihn vor der Boutique und Sandra lächelte vom Laufsteg ihrer Freundin zu. Unermüdlich präsentierten die Models die Kollektion.

Beim Finallauf über den Laufsteg erkannte Sandra den Mann an Claudias Seite. Es war ihr Ex-Freund. Sie zog sich in die Kabine zurück. Zitternd und weinend krampfte sie sich zusammen. Julia sah ihre Mutter und versuchte sie zu umarmen. Doch vergebens. Es dauerte einige Minuten bis sie sich beruhigte. Sandra gab ihrer Tochter vor, einen Schwächeanfall zu erleiden. Obwohl sich Julia um ihre Mutter sorgte, akzeptierte sie die Entscheidung und begleitete sie nach Hause. Daheim angekommen, kümmerte sich Julia rührend um ihre Mutter. Nach einiger Zeit schlief Sandra ein und Julia ging zur Boutique, um die Party nicht zu verpassen.

Gleich nach der Ankunft fragte Claudia besorgt: „Was ist passiert? Wo ist deine Mama?"

Julia antwortete: „Ihr ging es plötzlich nicht gut. Sie sagte, sie habe einen plötzlichen Schwächeanfall gehabt. Nun schläft sie daheim. Wir brauchen uns nicht zu sorgen, ihr geht es wieder besser."

Die Party ging bis spät in die Nacht hinein. Julia verbrachte die Nacht bei Claudia. Sie schrieben Sandra per Handy eine Nachricht, damit sie wusste wo ihre Tochter war.

Am nächsten Morgen, begleitete Claudia Julia nach Hause um nach ihrer Freundin zu sehen. Während dem gemeinsamen Kaffee Genuss, schwärmte Claudia: „Er ist ein Traum von einem Mann. Schon bei der Mode-Messe war er ein Gentleman und ich lud ihn in mein Hotelzimmer ein. Er ist so einfühlsam, zärtlich und..."

Sandra unterbrach ihre Freundin: „Bitte hör auf. Ich kenne ihn. Er ist nicht der Richtige für dich."

Claudia war entsetzt: „Ja, du kennst ihn. Er hatte dich vor Jahren verlassen. Er sagte es mir."

Sandra: „Er war mein erster Freund, und er ist ein Schwein. Bitte beende diese Beziehung."

Claudia: „Gönnst du mir diese Liebe nicht? Wann warst du mit ihm zusammen?"

Sandra: „Ich gönne dir jede Liebe, die dir guttut, von ganzem Herzen. Aber bitte fall auf diesen Typen nicht herein. Ich war noch jung und hatte eine entsetzliche Zeit mit ihm."

Claudia sprach betont: „Ich bin entsetzt Sandra. Endlich finde ich den richtigen Mann für mich und du machst es kaputt. Was habe ich dir getan? Ist es, weil du keinen Mann findest? Es ist meine Liebe, egal was bei euch einmal war. Ja, er sagte mir, dass er dich als Teenager verlassen hatte. Trauerst du dieser Zeit wirklich noch nach, wie er es vermutet? Du warst für ihn zu jung, akzeptiere das doch und gönn mir diese Liebe."

Sandra: „Er lügt dich an. Ich flüchtete vor ihm."

Claudia: „Weißt du was, schlaf dich erstmals aus und denk über deine Worte nach. Ich möchte unsere Freundschaft nicht im Zorn verlieren."

Claudia ging und Julia fragte ihre Mutter: „Warum tust du das? Claudia ist glücklich mit ihm. Auch ich konnte mich von ihm überzeugen. Er ist wirklich sehr nett. Sie harmonieren sehr gut zusammen. Sie lieben sich. Was war damals?"

Sandra: „Darüber kann ich nicht reden. Aber glaube mir, er ist definitiv nicht der Mann, den ihr glaubt zu kennen."

Julia: „Kann es sein, dass Claudia Recht hat und du eifersüchtig bist? Nur weil du keinen Mann abbekommst, warum auch immer, gönnst du anderen nicht das Glück? Mama, es liegt an dir und nicht an den Männern. Du stoßt alle von dir weg, merkst du es nicht? Was ist nur los mit dir? Ich sah dich noch nie mit einem Mann, Mama. Das ist doch nicht normal. Papa ist seit 14 Jahren Tod, und du siehst in jedem Mann einen schlechten Menschen. Du bist krank Mama. Ich gehe zu Claudia. Warte nicht auf mich. Tschüss und überdenke deine Ansichten bezüglich Männer."

Traurig und verlassen lag Sandra auf der Couch und weinte. Ihre Gedanken fuhren Achterbahn. Lag es wirklich an ihr? Schuldgefühle kamen hoch und die Verwirrungen im Kopf wurden unerträglich für sie. Nach einiger Zeit, hatte sie das Bedürfnis, Abwechslung zu benötigen. Sie rief bei ihrer Bekannten an, um einen Termin zu bekommen. Clara war eine lesbische Prostituierte, die Sandra sofort einen spontanen Termin gab. Während der Autofahrt in die große Stadt, kamen ihr immer mehr die Schuldgefühle. Hätte sie bei Claudia schweigen sollen? Ist sie zu weit gegangen? Sollte sie die Vergangenheit ruhen lassen? Egal wie sehr sie darüber nachdachte, sie fand keine Antwort. Erst als sie bei Clara angekommen war, pausierten ihre Gedanken. Es wurde nicht viel geredet. Sandra wurde von der Prostituierten auf das Bett gebeten. Clara streichelte Sandra zärtlich über ihre Knie und küsste sie liebevoll im Gesicht. Sandra ließ sich ganz auf die Zärtlichkeiten ein und genoss es mit jeder Sekunde. Ganz langsam kreiste Clara mit ihren Fingern, Sandras Nylonbedeckte Beine hoch. Erst als sie spürte, dass Sandra innerlich zur Ruhe gekommen war, zog sie zärtlich und langsam ihrer Freieren, die Strümpfe aus. Einen Slip trug sie sowieso nicht.

Die Prostituierte wusste genau, wie Sandra zum Höhepunkt verführt werden musste. Mit allen Künsten der Verführung mit der Zunge, wurde Sandras lustvolles Stöhnen immer intensiver. Sie offenbarte sich ihrer Prostituierten und gab sich allem hin, was sie zu bieten hatte. Nach dem ersten Orgasmus wurde es etwas intensiver. Ihre Vagina verführte sie weiter mit der Zunge und in den Popo drang sie mit einem Dildo ein. Sandra wurde voll und ganz zur lustvollen Explosion geführt. Es dauerte Stunden, bis Clara ihrer Freierin eine Pause gönnte. Erst als sie spürte, jetzt war ihr endgültiger Höhepunkt, verglichen mit einem Vulkanausbruch, ließ sie von ihr ab. Sandra tat diese Verführung sichtlich sehr gut.

Völlig erschöpft lag sie auf dem Bett und Clara sagte: „Du kommst nun schon seit gut 2 Jahren zu mir. Mal öfter mal seltener. Sorry, aber ich muss dich das jetzt fragen. Warum zahlst du für Sex? Du könntest jede Frau haben."

Sandra: „Ich bin Beziehungsunfähig und lebe mein lesbisches Liebesleben im Geheimen. Niemand weiß von meiner sexuellen Neigung zu Frauen. Abgesehen von dir und noch wenigen anderen Frauen. Du bist jedes Geld Wert, liebe Clara. Apropos, kommen wir zum Geschäftlichen."

Clara hielt ihren Finger auf Sandras Lippen und sagte: „Deinen perfekten Körper samt all deine sinnlichen Stellen verführen zu dürfen, ist mehr wert als jedes Geld. Es war mir eine Ehre."

Sandra lächelte sie an und küsste sie leidenschaftlich auf den Mund. Nach einem langen und sinnlichen Zungenkuss, stand sie auf, legte große Geldscheine unter das Bettkissen, und sagte: „Deine Liebesdienste sind mit Geld nicht zu begleichen. Du bist viel mehr wert als alles Geld der Welt. Ich danke dir vielmals für die wunderbaren Stunden. Diesen Höhenflug habe ich jetzt wirklich gebraucht. Mich dir hingeben zu dürfen, ist für mich das Größte und Schönste. Nur du, darfst und kannst, alles mit mir machen. Ich vertraue dir blind. Pass gut auf dich auf, Süße."

Auch als Sandra bereits gehen wollte, küssten sich die Frauen, bei offener Tür, sehr hingebungsvoll und voller Leidenschaft. Dieser kurzfristige Termin, tat beiden Frauen sehr gut. Eine sexuelle Liebe zwischen einer Prostituierten und einer Freieren, die eigentlich nicht sein durfte. Dass ihre Treffen nicht dem eigentlichen Sinn dieses Geschäftes waren, wussten sie beide. Eine besondere Hingabe und eine Art Liebe war beiderseits nicht abzustreiten.

Auf dem Heimweg sah sie auf ihrem Handy, dass ihre Tochter und ihr Chef bereits angerufen hatten.

Unverzüglich rief sie Julia an: „Hey, mein Schatz."

Julia antwortete genervt: „Mama, wo bist du? Dein Chef war schon hier. Er braucht dich dringend."

Sandra: „Mein Gott, ich bin ja nicht seine Leibeigene. Ich werde mich dann bei ihm melden. Wie geht's dir, und wo bist du?"

Julia: „Daheim, ich wollte dich nicht alleine lassen nach unserem Streit. Es tut mir leid, Mama. Ich hatte nicht das Recht, mit dir so zu reden. Aber, mir tat auch Claudia leid."

Sandra: „Schon gut, mein Schatz. Oh, bleib bitte in der Leitung, mein Chef ruft gerade an. Hallo Herr Baumann."

Sandras Chef: „Frau Sommer, ich würde sie heute noch benötigen. Am Abend kommen Kunden zu einem Meeting. Ich rechne mit ihnen, Frau Sommer, so um zwanzig Uhr im Büro, bitte."

Sandra: „Gut, Herr Baumann, bis später. Julia? Bist du noch da?"
Julia: „Ja, Mama. Kommst du jetzt nach Hause?"

Sandra bejahte die Antwort und fuhr den direkten Weg heim zu ihrer Tochter.

Ungeduldig warteten Julia und Claudia bereits vor der Haustür auf sie. Sandra hatte jedoch wenig Zeit, wegen des kurzfristigen Meetings. Claudia versuchte trotzdem ihren neuen Freund ins rechte Licht zu rücken, und dass er ihr sehr guttun würde.

Sandra sagte nur: „Ich verstehe dich nur zu gut, wirklich Claudia. Aber, ich kenne ihn, und er ist nicht der richtige Mann für dich. Er ist ein mieses Schwein."

Claudia: „Ja, vielleicht war er damals nicht fair zu dir. Doch es sind Jahre vergangen, und heute ist er ein Traummann."

Sandra wurde lauter: „Nicht fair? Er hat mich verletzt, und das nicht nur physisch, sondern auch körperlich. Er ist ein brutaler Macho der keinen Respekt vor Frauen hat."

Sandra holte tief Luft und sprach weiter: „Gut, Stopp. Claudia, ich muss dann leider arbeiten. Lass uns morgen in Ruhe darüber sprechen, okay? Bitte verzeih meinen lauten Ton. Bitte, Claudia."
Claudia: „Ist gut, Sandra. Reden wir morgen in aller Ruhe."

Nachdem Claudia gegangen war, eilte die hübsche Sekretärin in ihre Wohnung, um sich für die Arbeit fertig zu machen. Ihre Tochter unterstützte sie bei der Garderoben-Auswahl. Da Sandra fast nur kurze Röcke und Kleider besaß, war das Outfit rasch entschieden. Sie ging so außer Haus, wie alle Menschen, Sandra kannten. Ein Kleidchen, das oberhalb der Knie endete, Halterlose Nylonstrümpfe, Pumps mit Riemchen und ein Stretch-Leibchen mit großem Ausschnitt. Ihre langen blonden Haare trug sie offen.

Mit etwas Verspätung kam sie ins Büro. Die Kunden waren bereits im Gespräch mit Herrn Baumann. Sandra entschuldigte sich für die Verspätung und begrüßte die Kunden.

Währenddessen sagte ihr Chef: „Sie sind nicht zu spät, wir fingen etwas früher als geplant an."

Ein Kunde sah Sandra von oben bis unten mehrmals eigenartig an. Daraufhin fragte Sandra: "Entschuldigung, stimmt bei mir etwas nicht?"

Der Kunde antwortete: „Ich habe sie doch heute schon einmal gesehen, ich überlege noch, wo ich sie sah. Ah, jetzt weiß ich es. Sie müssen wissen, Herr Baumann, wir waren heute schon früher in der Stadt, bezüglich eines Termins im

Rotlichtmilieu. Und, ja, da habe ich ihre Sekretärin gesehen, wie sie offensichtlich auf Besuch, bei einer Lesben-Hure war. Das waren doch sie, oder Gnädigste?"

Überrascht und schockiert antwortete Sandra: „Mein Privatleben hat in diesem Meetingraum nichts verloren."

Der Kunde: „Das sehe ich anders. Ich möchte mit keiner Person, die im Rotlichtmilieu ihr Unwesen treibt, über meine Geschäfte sprechen. Jetzt stellt sich mir die Frage, waren sie bei der Hure um sich ihre schmutzige sexuelle Befriedigung zu holen oder sind sie nebenbei in diesem Milieu selbst als Hure tätig, die ihren Körper für Geld verkauft?"

Herr Baumann unterbrach: „Auf ein Wort, Frau Sommer. Meine Herren, sie entschuldigen uns bitte für einen kleinen Moment."

Sandra ging mit ihrem Chef ins Nebenbüro und fragte seine Angestellte, was an dieser Aussage des Kunden richtig sei.
Sandra antwortete: „Was ich in meiner Freizeit mache, geht niemandem etwas an. Tatsache ist, ich verkaufe nicht meinen Körper. Ich bin lediglich bei einer Freundin zu Besuch gewesen, und ja, sie arbeitet als Prostituierte. Mit der ich

übrigens schon lange befreundet bin und die ich gut kenne."

Herr Baumann: „Gut, gehen wir wieder zum Meeting."

Nach dem Eintreten sagte Herr Baumann: „Meiner Ansicht nach, hat auch meine Angestellte Frau Sommer das Recht, eine langjährige Freundin jederzeit zu besuchen. Dies sollte bei unserem Meeting nicht im Fokus stehen."

Der Kunde stand auf und sagte: „Ich leite eine Sicherheitsfirma und werde meine Geschäfte nicht mit einer Schlampe besprechen. Ob sie ihre Beine breit macht oder sich poppen lässt von einer Hure, ist nebensächlich. Fakt ist, sie gehört direkt oder indirekt dem Rotlichtmilieu an. Das geht überhaupt nicht."

Herr Baumann: „Ich habe verstanden. Frau Sommer, nehmen sie sich die restlichen Urlaubstage. Ab sofort."

Sandra: „Sie kündigen mich?"

Herr Baumann: „Nein, sie sind mit sofortiger Wirkung beurlaubt und von diesem Geschäftsmeeting entbunden. Schönen Abend, Frau Sommer."

Beschämt und enttäuscht, verließ Sandra das Bürogebäude. Mit Tränen in den Augen, fuhr sie schließlich nach Hause. Bevor sie daheim etwas sagen konnte, hielt Julia ihr eine Handynachricht vor die Augen. Auf dem Foto war sie mit Clara zu sehen. Mit dem Text: Deine Mutter treibt es mit einer Lesben-Hure.

Sandra war tief schockiert und fragte: „Von wem ist diese Nachricht?"

Julia: „Anonyme Nummer. Kannst du mir das erklären, Mama?"

Sandra: „Diese Frau ist eine Freundin von mir. Was ist da los? Wer schickt dir so eine dumme Nachricht?"

Julia: „Mama, wer ist diese Frau, und was hat das zu bedeuten?"

Sandra: „Sie ist eine Freundin die ich schon lange kenne."

Julia: „Ihr beide küsst euch, was ist da los?"

Sandra: „Mein Gott, ich küsse Claudia doch auch auf den Mund. Ja, und dich ja auch. Abgesehen davon stellt sich die Frage, wer dir so etwas sendet?"

Sandra überlegte, und flüsterte: „Der heutige Kunde im Büro hatte mich auch gesehen. Wer meint es nicht gut mit mir? Bitte nicht Clara. Habe ich mich in ihr getäuscht?"

Julia fragte: „Mama, was hast du? Ich verstehe kein Wort."

Sandra: „Schatz, ich muss nochmals los, darf ich dich alleine lassen?"

Julia antwortete: „Klar, ich gehe zu Claudia."

Wütend über diese Vorfälle raste sie zu Clara, um sie eventuell zur Rede zu stellen. Falls sie überhaupt etwas damit zu tun hatte. Im Rotlichtmilieu angekommen, sah sie viele Blaulichter. Rettung und Polizei waren im Einsatz. Sie stieg aus dem Auto und ging zur Haustür von Clara. Auf der Trage erkannte sie ihre Prostituierte Clara, Blutverschmiert. Sie schrie: „Clara, was ist passiert?"

Ein Polizist nahm sie zur Seite und fragte wer sie sei. Sandra gab sich als gute Freundin aus. Daraufhin teilte der Polizist ihr mit, dass sie brutal vergewaltigt und geschlagen wurde. Und, es sei eine Nachricht samt Foto auf ihrer Brust gefunden worden. Darauf stand: Fass nie wieder diese Frau an. Der Polizist fragte: „Das sind doch offensichtlich Sie auf dem Foto. Was sagen sie dazu?"

Sandra: „Ja, das war heute. Meine Tochter hat das gleiche Foto auf ihr Handy bekommen. Was für ein Schwein macht so etwas? Was ist mit Clara?"

Der Polizist: „Ihr Zustand ist kritisch. Hatten sie sexuellen Kontakt mit der Prostituierten?"

Sandra: „Die Prostituierte hat einen Namen, sie heißt Clara Wagner. Ja, hatte ich."

Der Polizist bat Sandra in das Dienstauto zu steigen, um ihn auf das Kommissariat zu begleiten.

Im Verhörraum wurde sie von zwei Polizisten, durch unangenehme und dreiste Befragungen in die Zange genommen. Sie wurde als Beschuldigte der Tat geführt und dementsprechend verhört. Es dauerte Stunden, bis Sandra nicht mehr als Verdächtige behandelt wurde. Sie gestand den sexuellen Kontakt und dass natürlich DNA-Spuren von ihr zu finden sein werden. Doch habe sie nichts mit dem Anschlag zu tun gehabt.
Weit nach Mitternacht, durfte sie das Kommissariat verlassen.

Während dem polizeilichen Festhalten von Sandra, war Julia bei Claudia. Julia musste mit jemandem darüber reden. Vermutungen und Spekulationen fanden ihren Lauf. Doch, etwas Genaueres wussten beide nicht. Dementsprechend aufgeregt waren sie, als Sandra endlich bei der Tür hereinkam. Sie wurde mit Fragen bombardiert. Sandra versuchte weinend die Situation zu erklären. Schließlich, outete sie sich als Lesbin.

Für Julia war es ein Schock: „Was? Du bist lesbisch? Ich glaub ich spinne. Ich habe eine lesbische Mutter."

Auch Claudia war überrascht: „Ich bin als Freundin sehr schockiert. Aber gut, das ist vielleicht nicht so ungewöhnlich, aber holst du dir tatsächlich den Sex bei einer Hure?"

Sandra: „Ja, aber bitte redet nicht abwertend über sie. Sie heißt Clara, und ja, sie ist eine Prostituierte."

Claudia: „Das ist doch pervers, Sandra. Du bist lesbisch und verkehrst in der Prostituierten-Szene?"

Sandra: „Mein Gott. Hat eine Frau nicht das Recht, sich ihr Vergnügen bei einer Professionisten zu holen? Bei Männern ist es normal und wenn eine Frau diese Dienste in

Anspruch nimmt, ist es pervers? Wie hätte ich sonst meine Neigung ausleben können, um mich nicht outen zu müssen. Ich bin doch trotzdem die gleiche Frau, die gleiche Mama und die gleiche Freundin, wie ihr mich kennt. Ja, mit dem Unterschied, dass ich lesbisch bin. Und? Stoßt ihr mich jetzt ab, weil ich anders ticke?"

Julia stand auf und im Gehen sagte sie: „Du hast mich die ganzen Jahre angelogen. Sorry, aber das muss ich erst einmal verdauen."

Sandra wollte ihre Tochter umarmen, aber Claudia hielt Sandra zurück: „Lass sie gehen. Gib ihr die nötige Zeit. Komm, setz dich wieder und erzähl mir wie es dazu kam, dass du die Dienste einer Prostituierten in Anspruch nimmst. Hast du keine Angst, in diesem schmutzigen Milieu?"

Sandra: „Ich verstehe deine Fragen, und natürlich möchte ich dir alles beantworten, aber ich habe große Sorgen und eine enorme Angst um Clara. Was für ein Schwein macht so etwas? Sie hat doch niemandem etwas getan. Und, warum bekommt Julia eine anonyme Nachricht? Wer steckt hinter diesem Anschlag?"

Claudia versucht sich eine Meinung zu bilden: „Naja, immerhin ist sie eine Hure, und vielleicht muss man damit rechnen, dass so etwas passiert?"

Sandra ist empört: „Aha, eine Prostituierte darf man also vergewaltigen und schlagen? Ist sie selber schuld? Sag mal, hörst du dich selbst reden?"

Claudia: „Nein, so hatte ich es nicht gemeint, bitte entschuldige."

Sandra: „Sie wurde offensichtlich wegen mir geschlagen. Wer hat etwas dagegen, dass ich ihre Dienste in Anspruch nahm? Wer wusste eigentlich von meiner Neigung? Eigentlich weiß niemand Bescheid. Ich könnte ausflippen. Wer möchte mich ruinieren? Da fällt mir ein, beim gestrigen Meeting, hatte mich ein Kunde einer Sicherheitsfirma gesehen, wie ich bei Clara war. Und, mein Ex-Freund ist auch in der Stadt. Sicher steckt er hinter diesem Anschlag. Da muss es einen Zusammenhang geben."

Claudia: „Hey, spinnst du? Dass du lesbisch bist und zu einer Hure gehst, ist eine Sache. Aber, dass du meinen neuen Freund hier mit hineinziehst, eine absurde und feige Beschuldigung."

Sandra: „So, meine Liebe. Jetzt werde ich dir einmal erzählen was damals war. Dein gutaussehender Gentleman, hat mich drei Tage lang eingesperrt und mehrmals brutal vergewaltigt. Die perversen Details erspare ich dir."

Claudia war entsetzt: „Das kann nicht sein. Das kann nicht stimmen. Er ist Polizist und kein Vergewaltiger. Wenn es wirklich so war, warum hast du ihn nicht angezeigt?"

Sandra: „Ich war 15 und er Polizeischüler. Wem hätten sie geglaubt? Abgesehen davon, war ich mit ihm zusammen, und es wäre ja meine Pflicht gewesen, mit ihm zu schlafen. Eventuell eine heiße lange Nacht gehabt? Einmal so richtig sexuell ausgelebt?"

Claudia: „Warum warst du überhaupt mit ihm liiert, wenn du lesbisch bist?"

Sandra: „Um mich nicht outen zu müssen, dachte ich, das wird schon werden. Immerhin war ich noch in der Pubertät, da weiß man vielleicht noch nicht so recht, was man will, was man fühlt und wo man hingehört. Ich war Jungfrau, als er mich vergewaltigte."

Claudia: „Das kann nicht sein, wirklich nicht."

Sandra: „Wie lange kennst du mich und wie lange diesen Typen?"

Claudia: „Ich dachte dich zu kennen, aber nach 2 Jahren erfahre ich, dass du jemand anderes bist. Was glaubst du? Und, nach dieser angeblichen Vergewaltigung bekamst du dann trotzdem ein Kind von einem anderen Mann. Sorry, aber das ist schwer zu verstehen."

Sandra: „Nein, ich hatte nach diesem Typen, keinen Sex mit einem Mann."

Claudia kombinierte: „Dann ist er der Vater von Julia? Wie krank bist du eigentlich? Was stimmt von dem was du mir seit 2 Jahren vorlebst?"

Sandra: „Ich bin immer noch dieselbe Person die du das erste Mal in deiner Boutique getroffen hast, mit dem Unterschied, dass du nun meine Vergangenheit kennst und dass ich lesbisch bin. Ansonsten bin ich weiterhin die Sandra Sommer, so wie du sie kennst."

Claudia: „Ja, und die meinen neuen Freund als Schläger und Vergewaltiger beschuldigt. Ich kann nicht mehr. Bitte gehe jetzt. Pass gut auf Julia auf, und sag ihr, meine Tür steht für sie immer offen."

Sandra: „Okay, auch wenn sie für mich verschlossen wird, werde ich es Julia sagen."

Nachdem Sandra alleine gelassen wurde, weinte sie bitterlich. Der Schmerz der Geschehnisse und der Verlust der Freundin waren einfach zu viel für sie. Zur selben Zeit, stellte Claudia ihren Freund zur Rede. Sie konfrontierte ihn, mit leiser und liebevoller Stimme, was Sandra über ihn erzählte. Karl blieb ruhig und gelassen.

Er streichelte seine Freundin an den Händen, blickte dabei tief in ihre Augen und sagte: „Sie war 15, also ein Teenager, als ich sie verlassen hatte. Ich kann ihre Empörung, ihren Schmerz und auch ihren Zorn verstehen. Dass sie dabei so weit geht mich zu beschuldigen, zeigt doch wie sie noch immer darunter leidet. Sie braucht ärztliche Hilfe. Ich bin ihr nicht böse, auch wenn es mir sehr weh tut, wie sie über mich spricht. Ich kann nur hoffen, dass du dich von ihr nicht blenden lässt. Schau mich an, Claudia. Siehst du in mir einen Vergewaltiger oder einen Schläger?"

Claudia sah ihm tief in die Augen und konnte seinem Blick nicht widerstehen und umarmte ihn mit den Worten: „Nein, ich sehe und spüre einen zärtlichen und liebevollen Mann."

Sandra fuhr in der Zwischenzeit ins Krankenhaus, um nach Clara zu schauen. Der Anblick schockierte sie zutiefst. Sie war nicht ansprechbar und wurde künstlich beatmet. Sandra hielt ihre Hand und weinte, als eine Ärztin hinzukam. Die Ärztin machte ihr wenig

Hoffnung. Zur schwer seien die Verletzungen, die ihr angetan wurden. Doch, sollte sie weiterhin an eine Genesung glauben und auch mit ihr sprechen. Medizinische Wunder gäbe es immer, und daran sollte sie festhalten. Die ganze Nacht blieb sie bei ihr. Julia teilte ihr per Handynachricht mit, sie sei bei Claudia und brauche sich nicht zu sorgen.

Am frühen Morgen betrat eine Beamtin des Landeskriminalamts, Frau Inspektor Petra Steiner, das Krankenzimmer. Sie sah nach dem Gesundheitszustand der Prostituierten und war offensichtlich, persönlich sehr betroffen. Sie überspielte ihre Emotionen und bat Sandra um ein Gespräch. Sie gingen zusammen aus dem Krankenhaus. Die Polizistin begann vorsichtig mit der Befragung, wie Sandra zu Clara stand. Sandra hatte wenig Vertrauen zur Inspektorin und beantwortete die Fragen nur sehr kurz. Im Hinterkopf hatte sie immer ihren Ex-Freund, der ja auch bei der Polizei war. Erst als die Beamtin ihr sagte, sie kenne Clara von privaten Treffen, und ihr sehr daran liege, den Täter finden zu wollen, wurde Sandra redefreudiger.

Neugierig fragte Sandra: „Nahmen sie ihre Dienste in Anspruch?"

Die Beamtin antwortete: „Ja, ich besuchte Clara öfters. Als Beamtin des Landeskriminalamtes, musste ich stets meine Neigungen verbergen. Und bei Clara konnte ich mich fallen lassen. Um weitere Fragen zu umgehen, ja, ich bin bisexuell und liebe Frauen genauso wie Männer. Aber bitte, posaunen sie das nicht in die Öffentlichkeit. Haben sie einen Verdacht, wer ihr das angetan haben könnte?"

Sandra erzählte ihr von dem Zwischenfall eines Kunden im Büro, und erwähnte auch Karl

Krause, also ihren Ex-Freund. Die Beamtin gestand, Karl seit der Polizeischule zu kennen, und dass auch sie mit ihm öfters zusammen war.

Da Sandra immer neugieriger wurde, erzählte die Beamtin: „Wir alle wussten, dass Karl eine 15-Jährige Freundin hatte. Teilweise prahlte er damit, was bei manchen Kollegen total cool war und bei anderen wiederum belächelt wurde. Er solle lieber eine Frau nehmen und kein Kind. Ja, und so kam ich ins Spiel. Obwohl wir nie fest zusammen waren, hatten wir des Öfteren sexuelle Stunden miteinander."

Sandra unterbrach: „Ich war die 15-Jährige. Wussten sie das?"

Beamtin: „Ich bin Polizistin, auch wenn ich damals noch in der Ausbildung war, natürlich recherchierte ich. Und ja, ich wusste, dass sie seine Freundin waren. Doch sexuell lief zwischen euch, nach seinen Angaben, nichts. Obwohl, er später damit prahlte, wie sehr ihr in kurzer Zeit alles nachgeholt hättet was vorher Tabu war."

Sandra wurde still und rang mit sich selbst, ob sie die Vergewaltigung erwähnen sollte oder eher nicht. Die Beamtin erzählte weiter, wie er mit Handyvideos, seine zweifelnden Kollegen überzeugen wollte, wie intensiv sein Sexleben war.

Sandra war erschrocken: „Es gibt davon Videos?"

Die Beamtin: „Ja, zumindest Ausschnitte zeigte er immer mit ganzem Stolz. Ich sah es nur so nebenbei, immerhin hatte ich ja auch Sex mit ihm, und eine Frau schaut sich nicht unbedingt ihre Konkurrentin auf Videos an."

Sandra wechselte das Thema: „Und, neben Karl hatten sie auch Sex mit Frauen, auch mit Clara?"

Die Beamtin: „Ja. Clara kenne ich schon viele Jahre. Deswegen liegt mir auch sehr viel daran, den Täter zu finden."

Sandra: „Hatten sie neben Clara auch andere Kontakte mit Frauen?"

Die Beamtin: „Ja, aber Clara war immer schon etwas ganz Besonderes. Aus finanziellen Gründen, konnte ich sie nicht so oft besuchen wie ich es mochte. Das Polizeigehalt erlaubte es mir nicht."

Sandra: „Wie stehen sie heute in Kontakt mit Karl?"

Die Beamtin lächelte: „Sie meinen sicher sexuell? Absolut kein Interesse mehr an ihm. Sein Macho-Gehabe konnte ich nicht mehr ertragen. Das fing schon an, als er deine Videos..., oh sorry jetzt habe ich sie geduzt. Egal, ich bin Petra." ...und streckte ihre Hand zu Sandra.

Sandra nahm lächelnd ihre Hand und sagte: „Angenehm, meinen Namen kennst du ja schon. Sag mal, gibt es diese Videos noch?"

Petra: „Das weiß ich nicht. Ich denke ja, denn es könnten ja Trophäen für ihn sein. Er war sehr stolz auf die Videos. Ausschließen würde ich das nicht. Er ist und bleibt ein perverser Macho. Also, ich möchte mit ihm nichts mehr zu tun haben."

Sandra: „Wenn ich dir jetzt erzählen würde, was damals wirklich alles passierte, in diesen 3 Tagen, wo wir alles nachgeholt hatten, laut seinen Aussagen, würde ich deine polizeiliche Neugier erwecken?"

Petra: „Naja, ich weiß nicht. So wirklich brennend interessieren tun mich eure Liebesspiele nicht, wenn ich ehrlich bin."

Sandra: „Okay, ich verstehe. Ohne dass ich jetzt ins Kreuzverhör gebracht werde, möchte ich dir nur sagen, schau es dir an, aber alles ganz genau. Ich war überhaupt nicht bereit, mit einem Mann zu schlafen. Es war eine 3-tägige Misshandlung mit Schlägen und permanenten

Vergewaltigungen. Ich war eingesperrt und konnte mich nicht wehren. Schau es dir selbst an, ohne mich jetzt zu befragen. Es war schön dich getroffen zu haben, um mit dir zu reden. Ich wünsche dir alles Gute, und möchte wieder zu Clara. Vielleicht auf ein baldiges Wiedersehen."

Sandra ging und Petra blickte ihr noch lange nach.
Bei Clara gab es keine Veränderung. Sie lag mit Schläuchen und vielen medizinischen Geräten, regungslos im Bett. Nur ihre Brust hob sich mit dem Geräusch des Beatmungsgerätes. Sandra war verzweifelt, sie so sehen zu müssen. Ihre Schuldgefühle schmerzten im ganzen Körper. Sie wusste, wenn sie die Prostituierte nicht besucht hätte, würde sie jetzt nicht hier liegen. Der Anschlag auf Clara war ihretwegen, und das tat ihr umso mehr weh.

Die Beamtin Petra Steiner saß noch längere Zeit auf der Bank vor dem Krankenhaus. Die Aussage von Sandra war heftig, und schließlich entflammte ihre Neugier. Mit eiserner Entschiedenheit, machte sie sich an die Arbeit, diese Videos einsehen zu können. Sie begann ihre Ermittlungen gegen einen Kollegen. Ihr erster Weg, war dieser ominöser Kunde, der Sandra in Verruf brachte. Sandra hingegen, konnte sich vom Krankenbett von Clara nicht trennen. Nichts von allem, ahnten Claudia und

Julia, die mittlerweile zusammen in der Boutique waren. Julia half der Inhaberin bei der Inventur.

Karl Krause begann seinen Tagesdienst bei der Polizei. Petra Steiner hatte den Kunden bereits ausgeforscht und zur Befragung in die Zange genommen. Er bestätigte immer wieder, Sandra, persönlich gesehen zu haben. Diese Befragung brachte sie nicht weiter. Sie fand keinen Zusammenhang mit Karl Krause. Und trotzdem versuchte sie, bei ihrem Vorgesetzten, um die Erlaubnis gegen Karl Krause, offiziell die Ermittlungen starten zu können. Sie brauchte dringend einen Durchsuchungsbeschluss. Dies wurde ihr mit den Worten: „Gegen Kollegen wird, ohne stichfeste Beweise nicht ermittelt." …nicht gewährt. Sie brauchte jedoch unbedingt sein Handy, und bat Sandra um Unterstützung, die noch immer bei Clara war. Aus diesem Grund, sagte Sandra, dass ihre Freundin Claudia, mit ihm zusammen war. Jedoch verteidigte sie ihn mit aller Kraft. Sie wogen die Möglichkeiten ab, wie sie inoffiziell an sein Handy kommen könnten. Sandra beschloss mit Petra, Claudia um Unterstützung zu bitten. Auf dem Weg betonte Sandra, dass sie sehr behutsam sein müssten. Vor der Boutique schnaufte Sandra nochmals tief durch und klopfte dann an ihrer Tür. Claudia war erstaunt, aber gewährte Eintritt. Nach der ersten Frage, wo ihre Tochter sei, sagte Claudia: „Sie wollte für unsere Pause, etwas einkaufen gehen. Bestimmt wird sie gleich wieder kommen."

Sandra sah Petra an und begann mit ihrer Bitte: „Claudia, du kennst mich als Freundin seit 2 Jahren. Ich möchte dir meine Begleitung vorstellen. Das ist Petra Steiner, sie ist Inspektorin beim Landeskriminalamt der Polizei. Um es kurz zu machen. Wir brauchen das Handy von Karl. Da sind die Beweisvideos von der Vergewaltigung gespeichert."

Claudia wurde zornig: „Du spinnst doch. Glaubst du, ich übergehe ihn, für deine Spinnereien? Es ist besser, du gehst mit deiner Begleitung wieder."

Petra mischte sich ein: „Sehen sie doch einfach mal nach, dann wissen sie wer lügt."

Claudia: „Verschwindet aus meiner Boutique. Ich werde Julia nichts von deiner abartigen Spinnerei erzählen. Sie kann ja nichts dafür, dass du permanent lügst."

Hinausgeworfen standen sie nun vor der Boutique. Petra brachte auf Wunsch, Sandra wieder zu Clara. Die Beamtin begleitete Sandra, um ebenfalls kurz Clara zu besuchen.
Bereits auf dem Flur erkannten sie eine große Aufregung. Beide liefen zu Clara und Ärzte

versuchten sie zu reanimieren. Sandra schrie sich die Kehle aus dem Leib: "Neeeiiin, neeeiiin, Clara, atme verdammt nochmal und öffne deine Augen."

Petra fiel für wenige Sekunden in eine Schockstarre. Eine Krankenschwester hatte Alarm geschlagen. Bei der Patientin wurde das Beatmungsgerät abgeschaltet. Wie sich rasch herausstellte, wurde dies von jemandem bewusst gemacht.

Das Ärzteteam kämpfte um das Leben von Clara. Petra musste stark bleiben und fing sich wieder, aber Sandra zerbrach an diesem Schmerz. Weitere Ärzte kümmerten sich umgehend um Sandra.

Petra informierte sofort ihren Chef. Daraufhin wurde offiziell wegen Mordversuchs an der Prostituierten Clara Wagner ermittelt. Diesbezüglich ermittelte sie jetzt mit 2 Kollegen im Team. Aber, gegen Karl Krause durfte sie nicht ermitteln. Hierfür würde sie handfeste Indizien benötigen. Für Petra war in diesem Moment aber klar, dass Sandra in Lebensgefahr schwebte. Sandra Sommer wurde unter polizeilichen Schutz gestellt. Diesbezüglich wurde eine Beamtin zu Sandra abgestellt. Petra war wütend und wollte am liebsten, Karl Krause ins Kreuzverhör nehmen. Doch dies wurde ihr untersagt. Mit einem Teamkollegen fuhr sie zu Claudia, um Sandras Tochter darüber zu informieren, dass ihre Mutter im Krankenhaus lag. Julia hatte große Angst um ihre Mama. Auch Claudia war sehr betroffen und nahm Julia schützend in ihre Arme. Petra konfrontierte bewusst Claudia nicht mit der Bitte wegen Karl Krause.

Nachdem die Beamten die Boutique verlassen hatten, ging Claudia mit Julia in die Wohnung hinauf. Julia schlief nach kurzer Zeit auf der Couch ein.

Um mehr Details zu bekommen, fuhr Petra nochmals zu Sandra ins Krankenhaus. Obwohl Sandra noch etwas schwach war, unterhielten sich die beiden Frauen. Petra und ihr Team, kamen bei den Ermittlungen nicht weiter. Sie wussten und spürten, dass ihr Kollege Karl Krause, involviert war. Doch, egal was sie gegen ihn unternahmen, sie kamen nicht weiter. Bei Claudia hatte sie offenbar keine Chance und auch bei befreundeten Kollegen von Karl, wurden sie abgewiesen.

Jede freie Minute besuchte Petra, die geschwächte Sandra.

Sie sprachen über alles, nur nicht über die Vergewaltigung. Da niemand außer der Täter und dem Opfer beteiligt, waren, konnte Petra ohne Beweise nichts unternehmen. Immer mehr tasteten sie sich heran und gewannen das gegenseitige Vertrauen. Das ging dann schon so weit, dass sie ihre Erfahrungen und Glücksmomente mit Clara ausplauderten. Immerhin, hatten ja beide Frauen, sexuellen Kontakt mit der Prostituierten. Vermutlich, war es auch ihre gegenseitige Liebe zu Frauen, was sie unbewusst verbunden hatte. Dies spürten beide Frauen. Nichtsdestotrotz, ging Petra ihrer polizeilichen Tätigkeit mit großem Ehrgeiz und Konsequenz nach. Auch wenn sie sich ein wenig in Sandra verliebt hatte, vergaß sie nicht, die Tat aufzuklären. Egal in welche Richtung sie ermittelte, jede Spur führte mehr oder weniger zu Karl Krause. Aber, genau zur Tatzeit des Anschlages an Clara, war er mit Kollegen, bei einer Unfallstelle im Einsatz.

Am nächsten Tag durfte Sandra das Krankenhaus verlassen. Petra brachte sie heim.

Bei einer Tasse Kaffee, machten es sich die Frauen auf der Couch gemütlich und unterhielten sich über alles Mögliche. Zur späteren Stunde öffneten sie eine Flasche Rotwein. Je später es wurde, umso mehr Details erzählten sie sich gegenseitig von sexuellen Abenteuern. Da Sandra für ihre Verhältnisse schon ein bisschen zu viel vom Wein getrunken hatte, legte sie sich in die Rückenlage und mit dem Kopf auf ein Kissen der Lehne. Ihre Füße zog sie mit hochgestelltem Knie, zu sich an.

Petra lachte: „Gewinnt der Wein bei dir die Oberhand?"

Sandra: „Ja, ein wenig. Es tut mir leid. Ich trinke fast nie Alkohol. Aber, es ist nicht so, dass ich betrunken wäre. Es passt so wie es ist und ich bin voll und ganz im Aufnahmezustand."

Petra blickte sie lächelnd an und fragte: „Ich sollte wohl gehen?"

Sandra antwortete: „Nein, bitte nicht."

Petra schmunzelte und streichelte mit der Hand über ihre Füße und sagte dabei: „Du trägst wunderschöne Nylonstrümpfe. Sie fühlen sich traumhaft an."

Sandra lächelte: „Nur die Strümpfe?"

Die Beamtin nahm ihre Beine und legte sie sanft auf ihren Schoß. Zärtlich streichelte sie Sandras Beine von den Zehen bis zum Knie. Sandra gefiel es und schaute Petra tief und fest in die Augen. Die Beamtin begab sich mit der streichelnden Hand vorsichtig über die Knie, die Oberschenkel bis zum Bauch. Sandra umklammerte Petra mit ihren Beinen und zog sie so zu sich. Nase an Nase, begannen beide zu Lachen. Petra fragte: „Und jetzt?"

Sandra küsste sie auf die Nasenspitze und stellte eine Gegenfrage: „Was, und wie weit dürfen wir es zulassen?"

Petra: „Kommt darauf an, was wir möchten und inwieweit wir bereit sind, zu machen."

Sandra verstärkte den Druck ihrer Beine, mit denen sie Petra umklammerte. Daraufhin, küsste Petra sie auf die Lippen. Sandra erwiderte ihre Küsse und es wurde leidenschaftlich und lustvoll geküsst.
Es folgte eine heiße Liebesnacht, die aber seitens der Polizistin, etwas härter wurde. Sandra war trotzdem für alles offen.

Sie stöhnte und schrie: „Besorg es mir, …mein Körper gehört dir, …tiefer und fester, …ja, genau so. Ich zerbreche nicht, keine Angst."

Gerade jetzt, wo ihre Lieblings-Prostituierte nicht greifbar war, brauchte sie einen schmerzerfüllten Sex. Vielleicht sogar zur Selbstbestrafung?

Eine gefühlte Ewigkeit verging, bis Sandra nach unzähligen Orgasmen nicht mehr konnte. Sandra war fix und fertig und mehr als befriedigt.
Kuschelnd lagen sie auf der Couch bis sie beide einschliefen, vor sexueller Hingabe und Erschöpfung.

Am nächsten Morgen, nach ein paar Zärtlichkeiten, musste Petra in den Dienst. Sandra ging im Anschluss ins Bad um zu duschen. Ihre Gedanken kreisten im Kopf. Die letzten Stunden mit Petra, waren für sie Neuland und doch sehr schön. Allein der Gedanke daran, ließ sie erregt werden. Somit spielte sie an ihrer Intimzone herum. Es schien, als würde sie im Dauerrausch der Erotik gefesselt sein. Sie konnte einfach nicht genug bekommen. Sie massierte sich permanent und beglückte sich selbst. Die Blondine war süchtig nach sexueller Befriedigung.

Nach dem Genuss der Selbstbefriedigung und der Dusche, merkte sie beim Zusammenräumen, dass ihr Slip nicht mehr auffindbar war. Höchstwahrscheinlich, verlegte sie den Slip beim gestrigen Liebesspiel mit Petra. Oder, Petra hatte ihren irrtümlich angezogen. Sie lächelte und schenkte ihren verlorenen Slip, keine Aufmerksamkeit mehr.

Kurze Zeit später, rief Petra bei Sandra an, um sich nach ihrem Befinden zu erkundigen.

Sandra lachte: „Wie es mir geht? Blendend, du hast mir sehr gutgetan. Nachdem du gegangen warst, war ich so heiß auf deine Verführung, dass ich mich gleich selbst befriedigen musste. Soweit zu deiner Frage, wie es mir geht."

Petra: „Oh, ich darf mir das jetzt nicht bildlich vorstellen, sonst werde ich verrückt und beginne ebenfalls an mir zu spielen. Gibt es eigentlich eine Wiederholung oder gar eine Fortsetzung?"

Sandra: „Liebend gerne. Du weißt ja, wo du mich findest. Ach ja, hast du meinen Slip?"

Petra: „Nein, leider nicht. Warum?"

Sandra: „Ich finde ihn nicht mehr. Die Strümpfe und das Kleid waren verstreut aber der Slip ist unauffindbar."

Petra: „Soviel ich weiß, hattest du gar keinen an."

Sandra: „Achja, stimmt."

Sie verabschiedeten sich und beendeten das Telefonat.

Nach einiger Zeit, fuhr Sandra zu Claudias Boutique. Ihre Tochter war in der Schule und Claudia nahm sich Zeit für sie.

Sandra betonte: „Ich hoffe du hast meiner Tochter nichts erzählt, bezüglich ihres Vaters. Das bleibt bei uns, okay?"

Claudia: „Unterschätz deine Tochter nicht. Natürlich habe ich nichts gesagt. Das ist auch deine Pflicht und nicht meine."

Sandra: „Wäre schön, wenn sie wieder heimkommen würde."

Claudia: „Lass sie noch ein paar Tage bei mir und gib ihr die Zeit, um es zu verdauen. Sie liebt dich über alles und alles wird wieder gut werden."

Sandra: „Mir wäre sehr geholfen, diese verdammten Videos zu bekommen. Wäre toll, diese zu bekommen."

Claudia: „Nicht von mir, sorry. Lass mich bitte nicht in die Versuchung bringen, ihn zu hintergehen. Du weißt, ich tue so etwas nicht."

Sandra: „Und, mir zu liebe?"

Claudia: „Bitte, zieh mich da nicht rein."

Die weiteren Stunden des Tages, wurde darüber nicht mehr gesprochen. Sandra half ihr bei der Inventur in der Boutique und sie probierten verschiedene Outfits an. Dabei hatten sie viel Spaß. Es schien wie früher zu sein. Sandra zog sich permanent um und Claudia gab ihr immer neue Klamotten.

Plötzlich fragte Claudia: „Jetzt sei bitte mal ganz ehrlich. Du als lesbische Frau, hattest du nie das Bedürfnis, über mich her zu fallen?"

Sandra lachte laut: „Immer, meine Liebe."

Claudia war ruhig und gelassen: „Und warum hast du es nie gemacht?"

Sandra umarmte sie ganz fest und sagte: „Weil du heterosexuell bist und ich dich als Freundin so liebe, wie du bist. Glaub nicht, dein sexy Körper ist mir nicht aufgefallen. Ganz im Gegenteil. Ich finde dich sehr heiß und begehrenswert."

Claudia küsste Sandra auf den Mund und fragte: „Darf ich es mit dir versuchen, wie das ist? Also, mit einer Frau? Also, nur so ein Versuch?"

Sandra: „Da müsstest du aber sexuelle Gefühle für mich haben."

Claudia: „Seit ich weiß, dass du lesbisch bist, habe ich diese Gefühle. Nun denke ich, ich sollte meinen Gefühlen folgen und es testen, ob es wirklich so ist. Es wäre sehr schön, wenn du mich jetzt begehren würdest und mich einfach, ohne Worte, nehmen würdest. Mir zuliebe?"

Sandra war sich sehr unsicher und sagte: „Bei aller Liebe, Claudia. Eher nicht. Du liebst einen Mann und bist in einer Beziehung. Und ich, hatte letzte Nacht mit der Frau Inspektorin das Vergnügen."

Claudia sah sie an: „Echt? Okay, hätte nicht gedacht, dass sie auf Frauen steht. Respekt Sandra. Ein wirklich hübscher und sehr attraktiver Fang, deine Polizistin."

Sandra: „Es ist ein Abenteuer und nichts Fixes, okay? Bitte behalte das Geheimnis für dich. Es darf niemand wissen. Als Polizistin darf man ja nicht lesbisch sein."

Claudia: „Wir leben im 21. Jahrhundert. Ist die Polizei so konservativ?"

Plötzlich gab es Geräusche im hinteren Teil der Boutique. Beide waren erschrocken und starr. Sandra flüsterte: „Was war das?"

Claudia sah jemanden: „Hallo? Wer sind sie?"

Sandra lief rasch zum hinteren Teil, aber es war niemand zu sehen. Claudia kam ebenfalls nach hinten und sah sich um. Erst nach genauem Hinsehen, fand Claudia eine Nachricht. Wieder ein Foto von Sandra, diesmal war sie mit einem Stift, rot durchgestrichen, mit dem Text: Es hat sich ausgefickt du Hure.

Sandra und Claudia bekamen große Angst. Claudia lief zu der Tür, doch sie war versperrt. Durch die Tür konnte niemand kommen. Daraufhin, kontrollierten sie sämtliche Fenster in der Boutique und auch in der oben gelegenen Wohnung. Hier stand das Wohnzimmerfenster offen. Claudia war sich jedoch unsicher ob sie es verschlossen gehabt hatte. Doch wer kommt im 1. Stock durchs Fenster? Aus Angst rief Sandra bei Petra an, und schilderte den Vorfall. Es dauerte nicht lange, bis Petra kam. Sie sah sich ebenfalls genau um. Immerhin, hatte sie als Polizistin einen anderen Blick auf die Angelegenheit. Bedauerlicherweise, fand sie keine ersichtlichen Spuren. Das Foto nahm sie für die Ermittlungen mit.
Diese rätselhaften Vorkommnisse, machten Sandra große Angst. Irgendjemand hatte es auf sie abgesehen. Aber, warum? Diese Frage stellte sie sich immer wieder.
Petra äußerte ihren Verdacht: „Dein Besuch bei einer Prostituierten, könnte der Auslöser für einen Spinner sein. Ein Ex-Freund, der sich in

seiner Ehre gekränkt fühlt, weil du zu einer Prostituierten gegangen bist? Er ist trotz allem mein Hauptverdächtiger. Leider fehlen mir noch die Beweise. Immerhin gab es nur einen Ex-Freund, nach deinen Angaben. Hast du eventuell einen anderen Mann, vielleicht unbewusst abgelehnt, der sich jetzt an dir rächen will? Gibt es sonst noch irgendwelche außergewöhnlichen Begegnungen, von denen ich wissen sollte?"

Sandra antwortete verzweifelt: „Nein, da gibt es nichts mehr. Ich habe doch niemanden verletzt, abgewiesen oder sonst irgendetwas getan. Ich verstehe es einfach nicht."

Petra: „Der Verdacht verhärtet sich immer mehr, dass nur aus deinem engen Bekanntenkreis, der Täter zu finden sein wird. Vermutlich, dein Ex-Freund, aber gut. Ich denke es wird das Beste sein, wenn ich dich in meinen persönlichen Schutz stelle. Es wird allmählich zu gefährlich für dich. Ich bring dich jetzt heim, du packst ein paar Sachen zusammen und kommst zu mir."

Sandra: „Nichts gegen dich, aber muss das sein? Ich möchte mein Leben, wegen eines Spinners nicht eingrenzen. Dann hat er ja jetzt schon über mich gewonnen."

Petra: „Alleine darf und kann ich dich nicht lassen. Es ist zu gefährlich für dich. Es liegt doch auf der Hand, dass du sein Ziel bist. Und, solange ich nicht weiß wer es ist, stelle ich dich unter polizeilichen Schutz. Punkt und Aus."

Claudia: „Sandra, ich denke, sie hat Recht. Mach dir um deine Tochter keine Sorgen, ich pass auf sie auf."

Sandra wurde überstimmt und folgte ihrer Polizeibeamtin. Nachdem Sandra einiges zusammengepackt hatte, fuhren sie gemeinsam zu Petra. Auf dem Weg fragte Petra, warum Sandra eigentlich vor 2 Jahren, in die kleine Stadt zog. Sandra gab berufliche Veränderung an, was Petras Ermittlungen bestätigte. Ihr jetziger Job, als Chefsekretärin war definitiv ein Aufstieg, den ihr sogar ihr voriger Chef vergönnte. Er sprach im besten Ton über sie. Die Landeskriminalbeamtin, erweiterte ihre Ermittlungen in Sandras Vergangenheit. Eventuell gab es hierbei Zusammenhänge. Laut ihren Ermittlungen, lebte Sandra immer schon ein vorbildliches Leben. Niemand den sie befragte, sprach ein negatives Wort über sie. Warum wurde sie jetzt von jemandem in dieser kleinen Stadt gequält. Lag es nur am Besuch einer Prostituierten oder gab es noch etwas, was sie übersah? Abgesehen von Karl Krause, gab es keine Zwischenfälle in Sandras Leben. Auch die Ermittlungen im Rotlichtmilieu ergaben nichts.

In Petras Wohnung, wurde Sandra nachdenklich. Karls Aussage gab ihr zu Denken. Sie erwähnte, dass sie vielleicht mitschuldig an der Vergewaltigung gewesen war. Wenn sie Karl nicht stets im sexuellen Bereich, abgewiesen hätte, wäre es vielleicht gar nicht so weit gekommen. Daraufhin wurde Petra wütend und sagte: „Auch dann hat ein Mann nicht das Recht, eine Frau zu vergewaltigen. Such die Schuld nicht bei dir. Er war das Schwein, und du das Opfer. Was sollen diese Aussagen? Nicht zu vergessen, du warst ein 15-Jähriger Teenager. Also bitte, fang nicht an, dich schuldig zu fühlen. Denk gar nicht daran. Habe ich mich klar und deutlich ausgedrückt?"

Sandra lächelte: „Ja, Frau Inspektorin."

Daraufhin fing Petra auch zu Lächeln an, und nahm sie in die Arme.
Nach einiger Zeit fragte Petra: „Was ist mit deinem Chef, Herrn Baumann? Hat er oder einer deiner Kollegen, irgendwelche Andeutungen gemacht? Wurdest du im Büro schon einmal sexuell belästigt oder bedrängt?"

Sandra: „Nein, noch nie. Baumann ist ein strenger, aber sehr korrekter Chef. Und auch sonst, gab es nie blöde Bemerkungen oder dergleichen. Bei Baumann verdiene ich das Doppelte und mein Job gefällt mir sehr gut.

Damals, als ich beim vorigen Chef gegangen bin, gab es viele Tränen. Auch mein Chef hatte feuchte Augen. Aber, er freute sich für mich. Er konnte mir, beruflich nicht mehr bieten, und das wusste er."

Petra: „Ich hoffe es gelingt mir, dir genug zu bieten, damit du nicht vor mir flüchtest."

Sandra: „Da habe ich keine Bedenken."

Petra lachte und hob Sandra auf und setzte sie auf den Tisch: „Das freut mich."

Sie beugte sich zu Sandra und küsste sie auf den Mund. Es dauerte nicht lange, und ihre Zungen spielten sich miteinander. Dabei streichelte Petra, Sandras Oberschenkel und die Po-Backen, und nebenbei zog sie ihr den Slip aus. Bei Sandra knisterte es und ihre Lust auf sexuelle Berührungen waren entflammt. Petra trug ihre Geliebte in das Schlafzimmer und fesselte ihre Hände mit Handschellen an das Betthaupt. Ihre Füße fesselte sie mit halterlosen Strümpfen an die unteren Bettpfosten. Nun lag Sandra mit gespreizten Beinen auf dem Bett. Sehr angespannt aber freudig, wartete sie nun auf das, was Petra vorhatte. Petra küsste sie von den Zehen bis zum Mund. Und das ein paar Mal. Sandra wurde dabei sehr wuschelig. Sie war für alles offen. Mit einem Vibrator verführte sie ihre

Gefesselte in der Vagina und Anal, zusätzlich mit einem Massagestab. Bis zu einem gewissen Punkt gefiel es Sandra sehr, aber es kamen Schmerzen hinzu. Von zwei Fremdkörpern gleichzeitig über längere Zeit bearbeitet zu werden, war zu viel des Guten. Sandra bat Petra, behutsamer zu sein, und dass dies zu viel war. Petra ignorierte es und machte lächelnd weiter. Erst als Sandra mit genervter und lauterer Stimme sagte, sie solle aufhören, beendete Petra das Spiel.

Anschließend saßen sie sich auf der Couch gegenüber und redeten. Petra entschuldigte sich bei Sandra. Sie hatte den Zeitpunkt übersehen, an dem nicht mehr schön war für Sandra.

Im Laufe der Unterhaltung fragte Sandra: „Wusstest du schon vor dem Anschlag auf Clara, dass ich ihre Kundin war?"

Petra: „Ja, ich wusste davon. Aber, es war echt zufällig. Als ich einmal Clara besuchte, war sie sexuell voll erledigt. Nach langem Fragen, gestand sie mir, zuvor eine Kundin gehabt zu haben, die sie ausgelaugt hatte. Da hattest du sie, vermutlich härter in Beanspruchung gehabt. Das weckte meine Neugier und ich fragte mich, wer eine Prostituierte bis zur völligen Erschöpfung bediente. Tja, und meine Recherche führte mich zur Ex-Freundin von Karl, also zu dir. Das war so etwa vor eineinhalb Jahren. Mittlerweile konnte ich mich selbst davon überzeugen und kann es nachvollziehen, dass auch eine Prostituierte an ihre Grenzen stoßen kann. Es war Schicksal und ein Zufall."

Sandra fragte nach: „Ist das der Grund, warum du mich so hart angefasst hast? Möchtest du testen, wie weit ich gehe und wie weit ich alles zulasse?"

Petra: „Nein. Es tut mir leid. Mein Drang oder besser gesagt, meine Lust, ist mit mir durchgegangen. Kannst du mir verzeihen?"

Sandra lächelte: „Ja, komm her zu mir und lass dich drücken."

Als Petra in den Dienst musste, rief Sandra bei Claudia an und erzählte ihr, wie heftig der Sex mit Petra wurde. Irgendwie, hatte sie das Gefühl, mit der Polizistin stimmte etwas nicht. Viele Fragen quälten Sandra. Zum einen war Petra, eine sexuelle Geliebte, die zufällig zur selben Prostituierten ging, und nach dem Anschlag auf Clara, sie aufsuchte. War es wirklich alles Zufall?

Claudia hatte beinahe dieselben Gedanken. Sie sagte: „Einen außergewöhnlichen Sex, dürften wohl alle Polizisten wünschen. Karl ist auch etwas eigenartiger geworden. Aber, wenn du glaubst, Petra hätte mit den ominösen Nachrichten oder gar, mit dem Anschlag etwas zu tun, dann bitte verlasse die Wohnung und komm zu mir. Irgendwie bekomme ich Angst um dich. Komm, überlege nicht lange. Ich hole dich ab. Gib mir die Adresse durch und ich fahre sofort los."

Claudia machte sich umgehend auf den Weg, um ihre Freundin zu sich zu bringen. Bei der Ankunft in Claudias Wohnung, wartete bereits Julia auf ihre Mutter. Das Wiedersehen von Sandra und Julia war sehr herzlich und liebevoll. Beim anschließenden gemeinsamen Kaffee, stellte Julia klar: „Mama, egal was war, welche Geheimnisse herumschwirren, und egal was noch kommt. Lass mich teilhaben an deinem Leben und schließe mich nicht aus. Ich bin kein kleines Kind mehr und kann mit Wahrheiten gut umgehen. Ich weiß, dass du jetzt mit Claudia reden möchtest, lass mich teilhaben."

Sandra und Claudia schauten sich überrascht an und Sandra sagte: „Ich verstehe dich sehr gut und ich weiß, du bist kein Kind mehr. Doch gibt es Sachen die ich nicht gerade vor meiner Tochter bereden möchte. Vielleicht aus Scham, oder vielleicht möchte ich dich auch damit beschützen."

Julia: „Nein Mama. Keine Geheimnisse vor mir, bitte."

Claudia konnte Julia verstehen und sagte zu Sandra: „Sag ihr die Wahrheit, bevor sie es von Außenstehenden erfährt."

Sandra schnaufte tief durch und rang mit sich selbst: „Julia, mein Schatz. Dein Vater ist nicht tot, wie ich es dir gesagt hatte. Es war eine Notlüge, weil ich es dir ersparen wollte. Weißt du, auf einen Vater sollte man stolz sein und nicht verachten. Da dein Vater aber nicht so war, wie es sein sollte, entstand die Notlüge."

Julia war ungeduldig: „Jetzt sag endlich wer mein Vater ist. Ich bin kein Kind mehr."

Sandra: „Dein Vater ist Karl Krause."

Julia: „Was? Echt? Der Freund von Claudia? Das ist ja cool. Warum hast du es verschwiegen, Mama?"

Sandra: „Er hatte mich damals vergewaltigt und dabei bist du entstanden."

Julia war außer sich: „Claudia, dein Freund hat meine Mama vergewaltigt?"

Claudia: „So sagt es deine Mama, ja. Karl interpretierte es ein wenig anders. Aber ja, so ungefähr war es vermutlich. Und, es war bevor ich deine Mama kennengelernt hatte und Karl kenne ich auch erst seit einigen Tagen. Die Vergangenheit, oder die wahre Geschichte kennen nur Karl und deine Mutter."

Sandra sagte zu Claudia: „Ich finde es abartig, dass du überhaupt mit einem Mann schläfst, der deine Freundin vergewaltigt hatte."

Claudia: „Hey langsam, Sandra. Für mich ist es so, als würdest du von einem anderen Mann sprechen. Ich habe Karl ganz anders kennengelernt, als du ihn beschreibst. Was damals wirklich war, weiß ich nicht. Ich sehe das Hier und Jetzt. Dich glaubte ich auch zu kennen, bis du dich überraschend als Lesbin outetest. Und, Karl? Ihn lernte ich so kennen wie er jetzt ist. Okay, Sandra?"

Sandra: „Gut, lassen wir es jetzt mal ruhen. Julia, kannst du mich verstehen, warum ich es dir verschwiegen hatte?"

Julia: „Ein harter Brocken, was ich verdauen muss. Da ich gerade selbst meine Weiblichkeit kennen lerne und ich selbst merke, wie meine Fantasien in der sexuellen Ebene oft durchgehen und fragwürdig sind, könnte es doch sein, dass es damals zwischen euch ein Missverständnis war?"

Sandra unterbrach ihre Tochter: „Moment, was für sexuelle Fantasien? Du bist 14 Jahre."

Julia: „Vermutlich die gleichen, wie du sie in meinem Alter hattest, Mama? Ohne dich jetzt zu beschuldigen, du hättest es erfunden, aber vielleicht war es ein härteres Sexspiel, was jeder für sich anders empfindet?"

Sandra: „Nein, Julia. Abgesehen davon. Jeder Mensch muss es akzeptieren und respektieren, wenn jemand ein klares Nein ausspricht. Nein heißt Nein. Wenn dein Vater irgendwann den Mumm hat, wird er es dir bestätigen."

Claudia: „Themenwechsel meine Lieben. Traust du es Petra zu, einen Anschlag zu verüben und dich mit Nachrichten zu bombardieren? Spielt sie ein falsches Spiel?"

Sandra: „Keine Ahnung. Ich weiß es einfach nicht. Es sind viele eigenartige und unerklärliche Zufälle oder Gegebenheiten die mich verunsichern. Oder das, was ich dir im Auto erzählte, das ist doch nicht normal, oder?"

Claudia antwortete: „Ich weiß es auch nicht, aber was hätte sie davon?"

Sandra zuckte Fragend mit den Schultern und nach einiger Zeit fragte sie Julia: „Wie geht's dir, mein Schatz, jetzt wo du weißt wer dein Vater ist? Ach ja, er weiß es noch nicht."

Julia: „Schwer zu verstehen. Irgendwie fühlt es sich nicht so an, als wäre er mein Vater."

Plötzlich klingelte Julias Handy. Sie nahm den Anruf an: „Hallo Anne. Jetzt schon? Okay, dann bis später. Tschüss. Mama, Wir möchten noch die Schritte üben, für den heutigen Tanzunterricht. Ich treffe mich jetzt mit Anne. Darf ich gleich bei ihr übernachten?"

Sandra: „Gut, mein Schatz. Pass bitte auf dich auf und liebe Grüße an Anne und ihre Mutter."

Julia gab ihrer Mutter einen Kuss auf den Mund und ging aus der Wohnung.
Sandra sagte zu Claudia: „Hat sie das überhaupt registriert, mit Karl? Sie war so gelassen. Ich denke, wenn ich so nebenbei erfahren würde, wer mein Vater ist, würde ich ausrasten."

Claudia: „Du musst ihr die Zeit geben. Es kommt erst später. Lass die Zeit arbeiten. Tja, was willst du wegen Petra nun unternehmen? Zurück gehen, obwohl du ihr nicht traust?"

Sandra: „Sag du es mir. Ich habe keine Ahnung."
Claudia wechselte das Thema: „Eines möchte ich jetzt bitte noch klarstellen. Ich kenne dich seit 2

Jahren. In dieser Zeit, bist du zu meiner besten Freundin geworden. Erst jetzt hatte ich erfahren, dass du Frauen liebst und, dass du für dein Vergnügen bei Prostituierten bezahlst. Glaubst du nicht, so eine wichtige Sache im Leben, sollte eine gute Freundin wissen?"

Sandra: „Versteh bitte mich auch. Dieses Thema ist sehr heikel und ich bin nicht sehr stolz darauf."

Claudia: „Wann war übrigens dein erster Besuch bei einer Prostituierten? Und, übrigens, wann und mit wem hast du zum ersten Mal lesbischen Sex gehabt?"

Sandra: „Nach der Geburt von Julia, suchte ich erstmals eine Prostituierte auf. Dass ich lesbisch war, wusste ich schon längst. Aber wem vertraut man sich an? Und welche Frau fragt man, ob sie auch lesbisch ist? Das einfachste für mich war, eine professionelle Hure. Ja, und so ging es weiter. Ich besuchte verschiedene Prostituierte, und lernte meinen Körper immer mehr kennen. Irgendwann hat man so seine Lieblinge, die man öfters besucht. Dazwischen versuchte ich es in einschlägigen Lokalen, aber das war für mich nichts. Auch den Straßen-Strich probierte ich aus. Aber bei diesen Huren, geht es nur um das schnelle Geld. Somit, änderte ich meine Vorlieben, für die sogenannten, Nobel-Huren.

Sie sind zwar teuer, aber großartig. Gerade bei Prostituierten, kann man ohne Scham, sich selbst ausprobieren. Sie machen einfach alles was du dir wünschst, ohne blöde Bemerkungen, verstehst du? Ich merkte schon sehr früh, dass ich süchtig nach Sex bin. Ich bin offensichtlich eine Nymphomanin, also eine Frau mit permanentem, exzessivem Sexualtrieb. Und, nicht zu vergessen, Nylonstrumpf-Fetischistin. Falls du jetzt noch wissen möchtest, ob ich auch mit Männern sexuell verkehren möchte? Definitiv, nein. Ich liebe nur Frauen."

Beide fingen zu Lachen an.
Nach einiger Zeit gestand Claudia: „Mir geht es so ähnlich. In meiner Fantasie, hatte ich schon Sex mit einer Frau. Jetzt, wo ich weiß, dass du lesbisch bist, sogar noch mehr. Ich würde es gerne von ganzem Herzen, einmal ausprobieren, wie es ist, mit einer Frau. Zu einer Prostituierten würde ich mich niemals trauen. Ist es für dich so abartig, wenn du es mir zeigen könntest? Ich möchte so gerne, diese Erfahrung machen. Aber, mit einer Frau, der ich vertraue und liebhabe, wie dich. Bitte, Sandra. Ich brauche diese Erfahrung für mich. Kann mich eine Frau so zum Höhepunkt bringen, wie ein Mann? Ich muss das einfach, für mich, herausfinden."

Sandra lächelte und blickte ihr schweigend in die Augen. Claudia lächelte sie ebenfalls an.

Fragend blinzelte sie Sandra zu.

Sandra sagte vorsichtig: „Möchten wir es nicht lieber bei unserer Freundschaft belassen? Trotz meiner sexuellen Sucht, weiß ich, wann man Nein sagen sollte."

Claudia wurde traurig und erwähnte: „Ich sah einmal einen Artikel, indem stand, dass fast alle Frauen eine lesbische Ader haben, doch die wenigsten lassen es zu. Durch die Unterdrückung und Verdrängung können sie krank werden."

Sandra: „Schon möglich. Es ist dein Körper und nur du kannst ihn verstehen, was er braucht und möchte. Finde es heraus. Aber bitte, sieh mich nicht als Versuchs-Prostituierte an, okay? Trotz meiner Liebes-Sucht, habe ich Gefühle, wie jede andere Frau auch."

Claudia: „Als Versuchsobjekt hätte ich dich niemals angesehen. Vielmehr als Freundin, die mir in dieser Phase, die Hand reicht. Egal. Hattest du eigentlich schon einmal eine feste Beziehung mit einer Frau?"

Sandra: „Nein, noch nie. Ich bin Beziehungsunfähig. Ich kaufe mir gewisse Stunden, und hole mir das sexuelle Vergnügen, und das war es. Somit kenne ich keine festen Beziehungen, Partnerschaften, geschweige denn

Eheleben. Ich bin dem Singleleben treu und investiere in mein Sexleben, viel Geld. Jede Sucht ist kostspielig."

Claudia: „Ist aber auch traurig. Klingt nach Einsamkeit."

Sandra: „Nein, überhaupt nicht. Erstens habe ich Julia. Zweitens hole ich mir den Sex, zu dem ich gerade Lust habe. Es gibt Prostituierte, bei denen der sogenannte Blümchensex angeboten wird, und bei Anderen, den härteren. Für alle Gelüste und Stimmungen gibt es die passende Partnerin. Nicht zu vergessen, die schönen Abwechslungen. Niemals immer das Gleiche haben zu müssen, wie sich ja viele Paare beschweren."

Claudia: „Trotzdem finde ich es schön, eine feste Beziehung zu haben. Man lernt und wächst mit dem Partner."

Sandra: „Jedem das Seine. Schön, dass nicht alle Menschen gleich sind. Somit kann sich jeder das Leben aussuchen, das er, leben möchte."

Claudia blickte nachdenklich und sah auf Sandras Beine. Sie sagte: „Du hast eine Laufmasche, meine Liebe. Ich hole dir neue Strümpfe. Welche wünscht du?"

Sandra antworte und sah dabei auf ihr Handy: „Du entscheidest, was zu mir passt. Vielen lieben Dank, Claudia. Oh, 3 Anrufe in Abwesenheit. Es war Petra. Anscheinend hat sie es schon bemerkt, dass ich nicht mehr bei ihr bin."

Claudia: „Erledigst du erstmal deinen Rückruf. Ich gehe schon mal in die Boutique und du kommst dann einfach nach."

Sandra rief bei Petra an, die sich große Sorgen machte. Sandra sagte ihr, dass sie bei Claudia bleiben würde und ihr die Nähe zu ihrer Tochter Julia sehr wichtig sei. Petra hatte dafür Verständnis aber betonte, vorsichtig zu sein, da sie noch immer nicht wusste, wer der Täter sei. Nach dem Telefonat ging Sandra in die Boutique zu Claudia. Bereits auf den Treppen hörte sie Stimmen. Es waren Kunden bei Claudia. Sandra kam hinzu und erkannte Nina, die ebenfalls als Hobby-Model für Claudia die letzte Kollektion präsentierte. Nina war überrascht, dass Sandra aus Claudias Wohnung kam: „Habt ihr eine Party gefeiert?"

Claudia antwortete: „Nein, wir gönnten uns die Zeit für einen Kaffee-Tratsch."
Nina war mit einer Freundin gekommen, um ein neues Outfit zu kaufen. Obwohl es schon spät war, aber Nina bereits vor Stunden schon, vor verschlossener Tür stand, beriet Claudia ihre

Kundin. Das Klopfen an der Tür haben die beiden Frauen ebenso nicht gehört, wie das Handyläuten.

Nina probierte verschiedene Kleider an, und wurde von ihrer Freundin genauso beraten, wie von Claudia und Sandra. Die Stimmung in der Boutique war fröhlich. Als Sandra ihr ein Cocktailkleid zur Anprobe reichte, kamen die schrecklichen Bilder von Clara in den Kopf. Sandra wurde von einer Sekunde auf die andere, sehr traurig und ihre Lust auf gute Stimmung verschwand. Mit dem Vorwand, sie hätte plötzlich Kopfschmerzen bekommen, setzte sie sich auf einen Hocker.

Claudia kniete besorgt vor ihr und sagte: „Geh nach oben und versuche dich auszuruhen, du Ärmste."

Auch Nina und ihre Freundin waren sehr fürsorglich. Sandra ging in die Wohnung und benutzte Claudias Bad. Sie sah in den Spiegel und weinte bitterlich. Sämtliche Bilder von der blutverschmierten Clara schossen ihr in das Bewusstsein. Die Frage nach dem Warum, machten sie nicht nur traurig, sondern auch wütend. Wer war zu so einem feigen Anschlag fähig? Und, warum Clara und nicht sie? Um wieder einen klaren Kopf zu bekommen, gönnte sie sich ein Bad. Sie ließ Badewasser in die Wanne und zog ihre Klamotten aus. So richtig entspannen konnte sie nicht und die schrecklichen Bilder, bekam sie auch nicht aus ihrem Kopf. Erschöpft vor Sorgen und Ängsten, schlief sie in der Badewanne ein. Erst zur späten Stunde kam Claudia in die Wohnung. Als sie Sandra in der Badewanne sah, setzte sie sich auf den Wannenrand und begann sie zärtlich zu streicheln. Sandra öffnete die Augen und Claudia sagte: „Hey, du hattest geschlafen und das Wasser ist schon sehr kalt. Gib acht, ich lasse dir heißes Wasser einlaufen."

Sandra sagte verschlafen: „Ja, danke. Mir ist sehr kalt. Ich bin echt in der Badewanne eingeschlafen, aber es tat mir sehr gut."

Claudia fragte: „Wie geht's dir? Was machen deine Kopfschmerzen?"

Sandra: „Besser. Ich musste an die Bilder von Clara denken. Es macht mich traurig und wütend zugleich."

Claudia: „Das darfst du nicht sagen. Dich trifft keine Schuld. Du hattest ihr nichts getan. Lass diese dummen Gedanken. Soll ich dich in eine andere Stimmung bringen? Wie fühlt sich das an?"

Sandra genoss Claudias Hand an ihren Oberschenkeln und sagte: „Sehr schön, ja. Hat sich Nina für ein Kleid entschieden?"

Claudia lächelte: „Ja, das was du ihr gereicht hattest. Liebe Grüße, soll ich dir ausrichten. Karl war dann auch noch gekommen und da ich lieber mit dir zusammen sein möchte, sagte ich ihm, dass es dir nicht gut geht und ich mich um dich kümmern werde. Was ja auch irgendwie stimmt, oder?"

Sandra: „Süß von dir. Du hast deinen Geliebten meinetwegen wieder fortgeschickt?"

Claudia: „Ja. Punkt 1: ich möchte mit dir noch zusammen sein, und, Punkt 2: ich konnte ihn schlecht in meine Wohnung lassen, wenn du auch da bist. Eure Vergangenheit muss erstmal bereinigt werden. Wie auch immer, ich wollte einfach mit dir zusammen sein, ja?"

Sandra lächelte: „Okay. Darf ich aus dem Wasser kommen, bevor ich zu einer Meerjungfrau werde?"

Claudia reichte ihr ein Badetuch und hüllte sie damit ein.

Während sich die beiden, bildhübschen Frauen, der Fortsetzung ihres Gespräches widmeten, kam es zu einem Zusammentreffen von Petra und Karl. Für Petra war klar, wer hinter dem Anschlag auf Clara steckte. Karl sah dies komplett anders. Es wurde heftig diskutiert und gestritten. Wobei, Petra die lautere Polizistin war. Karl lachte sie stets an oder eher aus. Immerhin hatte er ein Alibi. Nach langem Hin und Her, verabschiedete sich Petra mit den Worten: „Du bist ein verdammt guter Polizist, aber ein sehr schlechter Lügner. Ich werde die nötigen Beweise finden. Das ist keine Drohung, sondern ein Versprechen."

Um endlich bei den Ermittlungen weiter zu kommen, besuchte sie, Sandras Chef, Herrn Baumann.
Sie befragte ihn, über seine Angestellte Sandra Sommer. Herr Baumann sprach in den höchsten Tönen über sie, und dass sie, die beste Sekretärin sei, die er je gehabt hatte. Als Petra erwähnte, es gäbe Videos von Sandras Vergangenheit, gestand er, erst vor wenigen Stunden eines bekommen zu haben. Dies wollte er zuerst mit Sandra abklären. Es wurde ihm anonym zugesandt. Für die Ermittlungen war er bereit, sein Handy der Polizei zu übergeben. Petra brachte es umgehend zur Kriminaltechnischen Untersuchung. Die KTU bestätigte, dass dieses Video erst vor einigen Stunden anonym auf dieses Handy gesendet wurde. Die Verfolgung des anonymen Absenders, gestaltete sich schwierig. Doch, eine Spur führte zu der Sicherheitsfirma, die Sandra mit dem Prostituierten-Besuch, konfrontiert hatte. Ohne zu zögern, suchte sie diesen Inhaber der Sicherheitsfirma nochmals auf. Beim ersten

Verhör, sagte er stets aus, er habe Sandra persönlich bei einer Prostituierten gesehen.

Petra befragte ihn energisch und konfrontierte ihn mit dem Video. Er bestritt, dies jemals gesehen zu haben. Da er sein Handy nicht freiwillig herausgab, musste Petra einen Durchsuchungsbescheid beantragen. Doch wollte sie nicht darauf warten und ihm nicht die Zeit geben, etwas zu löschen.

Sie sagte: „Okay. Ich werde solange hierbleiben, bis das nötige Dokument vom Staatsanwalt vorliegt. Diesen Durchsuchungsbescheid, werden meine Kollegen samt Finanzbehörde vorbeibringen. Und diese Kollegen werden ihren Laden komplett zerlegen und alle ihre Geschäftspartner gleich miteinbeziehen. Darauf warte ich sehr gerne."

Der Inhaber stoppte die Beamtin: „Schon gut. Sie brauchen nicht zu telefonieren. Hier ist mein Handy."

Tatsächlich, war kein Video von Sandra zu finden. Enttäuscht musste sie die Befragung beenden, obwohl sie diesem Typ nicht traute. Da er ihr sehr suspekt vorkam, beantragte sie einen Durchsuchungsbescheid. Dieser wurde jedoch von ihrem Vorgesetzten, Oberst Pramer, abgewiesen. Die Sicherheitsfirma sei sehr renommiert und hätte einen ausgezeichneten Ruf. Der Oberst ermahnte sie, sich nicht persönlich leiten zu lassen. Ihm wurde das Geheimnis gesteckt, dass Clara keine Unbekannte für Petra war.

Am Boden zerstört, versuchte sie trotzdem klaren Kopf zu bewahren. Sie musste das Handy von Karl einsehen. Das war ihre einzige Chance. Sie suchte ihn auf, um sich mit einer Einladung zu Entschuldigen. Karl war sehr misstrauisch aber nahm selbstbewusst die Einladung an. Sie fuhren in ein Lokal, seiner Wahl.

An der Bar sagte Petra: „Ich habe mich verrannt, es tut mir leid. Du weißt, mir lag sehr viel an Clara. Nun ja, ich ermittelte nicht objektiv genug. Ich hatte dich als Täter sehen wollen. Ich weiß, das darf einer Polizistin nicht passieren. Hättest du eventuell einen Rat für mich? Wie würdest du vorgehen, in diesem Fall?"

Karl: „Natürlich im Rotlichtmilieu, dort wo sie tätig war."

Petra gab sich interessiert: „Aber, es waren keine Anhaltspunkte zu finden. Hätte ich anders ermitteln müssen?"

Karl war noch immer misstrauisch: „Wahrscheinlich, ja. Mit der Brechstange erreichst du in diesem Milieu gar nichts. Das erfordert Vertrauen und Fingerspitzengefühl."

Petra: „Dann habe ich das wohl verbockt. Das konntest du während der Ausbildung schon besser als ich. Kannst du mir einen Tipp geben, wie ich nun vorgehen soll?"

Karl: „Dieser Zug ist abgefahren. Ein zweites Mal nimmt dich keiner mehr ernst."

Petra schlug mit der Faust auf ihren Oberschenkel und sagte: „Ich blöde Kuh."

Sie fing zu weinen an und sagte weiter: „Anscheinend bin ich eine unfähige Kriminalbeamtin. In meiner Verzweiflung beschuldigte ich dich, anstatt professionell zu ermitteln."

Petra war eine gute Schauspielerin und ließ ihren Tränen freien Lauf. Nach einiger Zeit hatte Karl Mitleid und umarmte Petra tröstend. Sie spielte weiterhin die verzweifelte Polizistin vor und gewann zunehmend sein Vertrauen. Nach einigen Gläsern Alkohol spielte sie sogar bei sexuellen Berührungen mit. Sie kannte Karl und wusste genau wie er tickte. Seine permanenten sexuellen Berührungen und Anspielungen beendete sie, indem sie seine Hand nahm und mit ihm auf das Damen WC ging. Sie zog ihn in eine Kabine und ließ ihre Hose runterrutschen. Mit einem Lächeln drehte sie sich um, beugte sich nach unten und sagte: „Besorg es mir anständig wie ein Mann."

Karl ließ sich das nicht zweimal sagen. Er öffnete seine Hose, zog sie etwas hinunter und drang mit seinem Penis von hinten in Petras Vagina ein. Dies nutzte Petra aus, um sein Handy unbemerkt an sich zu nehmen. Geschickt schaltete sie es auf lautlos und ließ es in ihren Stiefel gleiten. Diesen Trick lernte sie bei einem Taschendieb, den sie auf frischer Tat überführt hatte. Dieser Taschendieb wurde daraufhin nicht angeklagt und zu ihrem Informanten geworden.

Wegen dem Alkohol hatte Karl keine Ausdauer und kam recht früh zum Orgasmus. Das wusste Petra noch von früher. Ab einem gewissen Alkoholpegel sank seine Ausdauer und kam immer früher als erwünscht. Nach dem Quickie gingen sie wieder an die Bar und tranken weiter. Erst Stunden später fiel Karl auf, dass sein Handy nicht mehr da war. Besorgt und führsorglich half Petra bei der Suche. Sie wählte sogar seine Nummer, um es eventuell läuten zu hören.
Er murmelte: „Das kann doch nicht sein. Hast du es?"

Petra: „Hey du Depp. Wo hätte ich es denn. Du hattest mich sogar gefickt. Ist dir hierbei ein Handy aufgefallen?"

Karl wunderte sich: „Nein, natürlich nicht. Ist es mir vielleicht runtergefallen?"

Petra lachte: „Das Einzige was runtergefallen war, war dein bestes Stück nach dreimaligem Rein und Raus. Aber, kein Handy. Sorry. Wo warst du, bevor du in das Lokal kamst? Oder liegt es in deinem Auto?"

Karl überlegte und sagte dann: „Vermutlich, ja. Komm, lass uns noch etwas trinken. Sex mit der Ex macht durstig."

Petra: "So ist es. Obwohl, Sex ist für mich schon etwas mehr, als du gemacht hattest. Was solls, komm her und trinken wir auf uns."

Karl merkte auch die ganze Zeit über nicht, dass Petra ihre Gläser fast immer wegschüttete. Er wunderte sich nur, wie Trinkstark Petra gegenüber früher war. Zur Sperrstunde war Karl voll betrunken. Petra brachte ihn sicher nach Hause. Als sie wieder im Auto saß, durchsuchte sie sein Handy. Prompt waren die Videos auf seinem Handy gespeichert. Wie sie es vermutet hatte, waren es seine Trophäen, die er niemals löschen würde. Sämtliche Videos spielte sie auf ihr Handy und ging dann wieder in seine Wohnung um das Handy in seine Hosentasche zu geben. Auf keinen Fall, sollte er Verdacht schöpfen. Durch eine unvorsichtige Bewegung von Petra, wurde Karl munter und sagte: „Hey, du gehst schon? Komm doch noch her zu mir."

Petra legte sich zu ihm und sagte: „Ich dachte, du würdest lieber gerne schlafen."

Karl: „Nein, lass uns doch lieber noch spielen. Jetzt kann ich wieder. Möchtest du das Kommando übernehmen?"

Petra zog ihre Klamotten aus und legte sich mit gespreizten Beinen auf das Bett. Er zog sich aus und schob sein männliches Stück in ihre Vagina ein. Sie dachte sich, jetzt wo sie schon so weit gegangen war, ist das auch schon egal. Für den polizeilichen Erfolg tat sie alles. Danach schliefen sie beide ein.

Zur gleichen Zeit erwachten Sandra und Claudia. Sandra sprach über Petra, da ihr Vertrauen zur Polizistin schmolz. Sie glaubte den Zufällen nicht und Claudia bestärkte sie dabei.

Genau zur Mittagszeit, musste Claudia in die Boutique, da sie eine Lieferung mit Feinstrumpfhosen erwartete.

Während sie auf den Lieferanten wartete, überlegte sie, wie sie aus Liebe zu Sandra an die Videos von Karl kommen könnte. Viel Zeit blieb ihr nicht, denn die Ware wurde pünktlich geliefert. Nach dem Erfassen der Artikel, klopfte es an der Tür. Als sie ihren Freund erkannte, kam ihr ein Lächeln ins Gesicht. Sie freute sich über den spontanen Besuch und umarmte ihn. Karl streichelte sie und begann langsam seine Freundin am Hals zu küssen. Claudia gefiel es und wurde offensichtlich erregt. Karl wusste genau, wie er Claudia beeinflussen konnte. Es dauerte nicht lange bis er ihren Rock hochschob und seine Geliebte auf die Theke setzte. Claudia war so sehr in lustvolle Stimmung geraten, dass sie es nicht erwarten konnte, bis er seine Hose fallen ließ. Karl nahm seinen Waffengürtel ab und zog seine Uniformhose aus. Er näherte sich Claudia, spreizte ihre Beine und drang mit seiner Männlichkeit in Claudia ein. Beide gaben sich dem lustvollen Vergnügen hin. Mehr als ein schneller Quickie erlaubte jedoch seine Zeit nicht. Noch bevor er die Hose wieder anzog, ging er auf das Gäste-WC in der Boutique.

Claudia sah sein Handy in der seitlichen Hosentasche. Ihr Herz pochte vor Nervosität und trotzdem gab sie sich zögerlich einen Ruck, um nachzusehen. Noch bevor sie etwas sehen konnte, stand plötzlich Karl vor ihr.

Mit einem Lächeln reichte sie Karl das Handy und sagte: „Das fiel dir während unserem Liebesspiel auf den Boden."

Karl steckte es ohne einen Verdacht zu schöpfen in seine Hose.

Erst als er endlich wieder die Boutique verlassen hatte, begab sich Sandra zu Claudia. Sie war etwas entsetzt und sagte: „Vor wenigen Augenblicken, wolltest du sexuelle Erfahrungen mit mir und was musste ich jetzt mit anhören?"

Claudia: „Ein schneller Sex mit meinem Freund, und? Immerhin begehrt er mich und ich genieße seinen Körper, weil wir uns lieben."

Sandra war enttäuscht aber behielt ihren Anstand: „Klar doch, entschuldige. Ich werde Clara besuchen."

Sie gab Claudia einen Kuss auf den Mund und ging zu ihrem Auto, das vor der Boutique stand. Auf dem Weg zu Clara in das Krankenhaus, schossen ihre Gedanken im Kopf wild umher. Sie stellte sich immer wieder die Frage, wie vertrauensvoll Petra wirklich sei. Waren das alles wirklich nur Zufälle? Auch über Claudia machte sie sich Gedanken. Sollte sie ihrer Freundin, die Einführung in ein lesbisches Liebesspiel ermöglichen? Was wird dann aus ihrer Freundschaft? Würde sie sich selber wohl fühlen und kann sie dann noch in den Spiegel schauen? Bis zum Krankenhaus fand sie keine Antworten.

Mit Spannung begab sie sich auf den Weg zu Clara. Innerlich freute sie sich auf ein Wiedersehen. Doch, wie wird ihr Zustand sein? Ihr schlechtes Gewissen war ihr Begleiter.

Vor Claras Zimmer angekommen, wurde sie von einem Polizisten durchsucht und ihre Personalien überprüft. Schließlich durfte sie Eintreten. Claras Zustand war sichtlich besser, obwohl sie schlief. Immerhin waren keine Beatmungsgeräte mehr nötig. Vorsichtig näherte sie sich der Patientin und gab ihr einen Kuss auf den Mund. Clara versuchte mit den Augen zu blinzeln. Sandra streichelte ihr über die Wange und sagte:

„Schon gut, Clara. Ich bin es, Sandra. Schön, dass es dir ein wenig besser geht. Ich freue mich, dich wiederzusehen.“

Clara nahm Sandras Hand und versuchte diese fester an sich zu drücken. In diesem Moment bekam Sandra wahre Glücksgefühle. Tief im Herzen liebte sie die Prostituierte. Nur mit ihr, bzw. durch sie, wurde sie sexuell voll und ganz befriedigt, wie bei keiner anderen Frau. Natürlich wusste sie, dass ihre bisherigen Begegnungen rein sexuell und geschäftlich waren. Wie der private Alltag mit Clara aussehen würde, wusste sie nicht. Ihr Herz sehnte sich nach Clara, aber ihr Kopf drückte auf die Bremse. Immer wieder fragte sie sich: Darf man überhaupt eine Prostituierte lieben? Immerhin bezahlt man ja für deren Dienste. Egal wie ihre Gedanken verrücktspielten, sie kam immer auf die gleiche Antwort: Ihre Sucht, sich nach ihrem Belieben, dann zu befriedigen, wenn sie es möchte und benötigte, ohne Verpflichtungen.

Langsam öffnete Clara ihre Augen. Als sie Sandra erkannte, zog ihr ein Lächeln ins Gesicht. Sie war sichtlich sehr gerührt vor Freude, da eine Träne über ihre Wange lief. Diese wischte Sandra liebevoll mit ihren Fingern weg.
Dabei sagte sie: „Alles wird wieder gut, liebe Clara. Du bist nicht alleine. Ich werde für dich sorgen, wenn du es möchtest."

Clara liefen weitere Tränen über das Gesicht. Sie versuchte zu sprechen, aber es ging nicht. Sandra streichelte sie ganz zärtlich und sagte: „Lass dir Zeit. Mach dir keinen Stress. Es ist alles in Ordnung, okay?"

Ihre Zweisamkeit wurde durch das Eintreten von Petra unterbrochen. Sandra reagierte überrascht: „Petra? Was machst du hier?"

Petra: „Ich freue mich auch dich zu sehen, Sandra."

Sandra: „Entschuldige bitte, so meinte ich es nicht. Doch, hatte ich mit dir nicht gerechnet. Natürlich freue ich mich dich zu sehen."

Petra schmunzelte und ging zu Clara: „Hey, wie geht es dir?"

Clara hielt weiterhin Sandras Hand und versuchte Petra ein Lächeln zu schenken. Leider konnte sie es nicht. Dies merkte Petra und beruhigte sie: „Schon gut, Clara. Ich muss dich jetzt etwas fragen. Hast du den Täter erkannt, der dir das angetan hatte?"

Clara reagierte mit ihren Augen, indem sie von einer Seite zur anderen blickte.
Petra fragte weiter: „Eventuell eine Vermutung oder einen Verdacht, wer dies war?"

Clara reagierte gleich, wie bei der ersten Frage.
Petra: „War es ein Mann oder waren es mehrere Personen? Hier drück meine Hand. Wie viele Personen waren es?"

Clara drückte Petras Hand zweimal.

Petra: „Du hast sie nicht erkennen können?"

Clara verneinte diese Frage.

Petra: „Okay, ich lass dich jetzt in Ruhe. Ich möchte dich nicht quälen. Gibst du mir Bescheid, wenn du es mir mitteilen kannst? Ich möchte diese Typen verhaften, die dir das angetan haben. Gut, meine Lieben, dann lass ich euch wieder weiter kuscheln."

Petra ging aus dem Zimmer und Sandra blickte Clara fragend an und sagte: „Wie meinte sie das? Ist sie Eifersüchtig? Oder gar zickig?"

Clara nickte mit dem Kopf und versuchte zu lächeln. Daraufhin schmunzelte Sandra ebenfalls.

Sandra blieb den ganzen Tag und auch die Nacht über, bei der verletzten Prostituierten Clara.

Über ihr Verbleiben informierte sie ihre Tochter Julia und auch Claudia.

Ohne Sandras Wissen, sichtete Petra die Videos, die sie von Karls Handy hatte. Die Kriminalbeamtin war schockiert, was sie in den Videos mit ansehen musste. Sandra wurde mehrmals von Karl auf die brutalste Art und Weise vergewaltigt und auch geschlagen. Sie dachte sich: Wie krank muss ein Mann sein, eine 15-jährige Jungfrau so zu vergewaltigen. Als Polizistin war sie einiges gewöhnt, aber diese Videos trieben ihr Tränen in die Augen.

Endlich hatte sie Beweise für die Vergewaltigung an Sandra. Diese Videos legte sie ihrem Chef vor, der unverzüglich Karl Krause zu sich bestellte.

Beim Gespräch zwischen Petras Chef Oberst Pramer und Karl, war auch Petra anwesend. Oberst Pramer gab Karl die Möglichkeit, sich zu verteidigen und zu rechtfertigen.

Karl sagte: „Ja, es war eine Dummheit. Trotzdem war es eine Vereinbarung zwischen Sandra und mir, ein Vergewaltigungsvideo zu drehen. Also, einen harten Pornofilm. Wie man hier sehr gut sehen kann, ist Sandra eine fantastische Schauspielerin, die das Opfer erstklassig spielte. Abgesehen davon, möchte ich gerne wissen, warum Petra ebenfalls im Raum sitzt. Kann es sein, dass sie meine Videos von meinem Handy illegal klaute?"

Karl sah Petra an und sagte: „Und dafür hast du deinen Körper verkauft und mit mir geschlafen?

Für so schwachsinnige Videos hast du dich sexuell verkauft? Wie krank bist du eigentlich?"

Oberst Pramer hackte ein und sah Petra an: „Stimmt das Inspektorin Petra Steiner? Haben sie für diese Videos, die übrigens illegal sind, mit ihrem Kollegen sexuell verkehrt?"

Petra antwortete: „Wie ich zu diesen Beweisen gekommen bin, ist doch zweitrangig. Fakt ist, …"

Oberst Pramer unterbrach sie energisch: „Ja oder Nein, Frau Steiner?"

Petra: „Das eine hat doch mit dem anderen nichts zu tun. Karl und ich waren früher in einer sexuellen Beziehung. Es war einfach nur, Sex mit dem Ex. Es geht um die Beweise und die Videos beweisen die Vergewaltigung an Sandra Sommer, von Karl Krause."

Karl lächelte und sagte: „Das war ein Pornofilm, den Sandra und ich gemeinsam und mit freiem Willen gedreht hatten. Wenn Frau Sommer jetzt etwas anderes behauptet, dann lügt sie. Immerhin hatte ich sie verlassen und sie ist anscheinend nicht damit klargekommen. Sie war mir einfach zu jung. Nach einer Trennung, alles ins falsche Licht zu rücken und mich als Polizeibeamten zu beschuldigen, ist feige."

Oberst Pramer: „Also, freiwillig sieht mir das nicht aus. Aber gut, ich werde es prüfen. Nun zu ihnen, Frau Kollegin Steiner. Da sie offensichtlich diese Videos unter Vortäuschung mit Sex, ergaunert haben, werde ich sie vom Dienst suspendieren. So etwas macht man als Kriminalbeamtin überhaupt nicht, schon gar nicht mit einem Kollegen. Dafür sollten sie sich schämen. Beim Disziplinarverfahren können sie sich noch ausführlich verteidigen und erklären.“

Petra legte ihre Dienstwaffe samt Ausweis auf den Tisch und ging mit den Worten: „Den Anschlag auf die Prostituierte werde ich dir auch noch beweisen, das verspreche ich dir Herr Krause.“

Oberst Pramer rief Petra lautstark nach: „Unterlassen sie gefälligst in meiner Anwesenheit, solche Drohungen. Auch dafür werden sie sich rechtfertigen müssen, Frau Steiner.“

Er stand auf, schloss die Tür und sagte zu Karl: „Wie blöd muss man eigentlich sein, solche Videos auf dem Handy zu haben und sich diese auch noch klauen zu lassen? Glaubt ihr, ich habe nichts Besseres zu tun? Wie auch immer, werden diese Videos geprüft.“

Am frühen Morgen fuhr Petra in das Krankenhaus zu Clara und Sandra. Sie begrüßte Clara und bat Sandra um ein 4-Augen Gespräch. Sandra ging mit Petra aus dem Krankenhaus, und sie setzten sich draußen auf eine Bank.

Bevor Petra etwas sagen konnte, erhob Sandra das Wort: „Was hast du dir gestern dabei gedacht? Bist du Eifersüchtig?"

Petra antwortete: „Vielleicht? Ja, aber ich meinte es nicht böse."

Sandra: „Auch wenn wir gemeinsamen Sex hatten, heißt das nicht, dass wir in einer Beziehung stehen."

Petra konterte: „Ach? Was bin ich für dich? Eine sexuelle Ablenkung? Ein One-Night-Stand?"

Sandra: „Es war eine tolle Zeit, die wir gerne wieder mal haben können, aber wir haben keine feste Beziehung. Und, so wie du dich gestern präsentiert hast, finde ich es bescheuert."

Petra: „Liebst du Clara?"

Sandra: „Was soll diese Frage? Du warst ebenso ihre Kundin, wie ich?"

Petra: „Das war keine Antwort auf meine Frage."

Sandra: „Was möchtest du jetzt hören? Ja, ich bin eine Freierin von einer Prostituierten, genauso wie du."

Petra: „Das war noch immer keine Antwort."

Sandra: „Ich werde diese Antwort auch nicht beantworten. Dein gestriges Benehmen war nicht in Ordnung. Denke über dein Verhalten nach. Es gab keinen Grund für ein Drama, oder Zickigkeit. Clara liegt mir sehr am Herzen und du weißt warum. War das alles? Ich möchte zu Clara gehen."

Als Sandra aufstand, sagte Petra: „Es gibt Beweise für die Vergewaltigung."

Sandra blieb stehen, drehte sich zu Petra und fragte: „Was? Welche Beweise?"

Petra: „Setz dich wieder. Ich habe die Videos gesehen. Sie sind dermaßen grausam, hierfür gibt es keine Worte."

Sandra: „Das heißt, du glaubst mir?"

Petra: „Ja, Sandra. Für diese Wahrheit oder besser gesagt, für diese Beweise wurde ich suspendiert."

Sandra war schockiert: „Warum?"

Petra: „Damit ich das Handy von Karl einsehen konnte, um die Videos zu bekommen, opferte ich meinen Körper und schlief mit ihm."

Sandra: „Sag mal, spinnst du? Das ist doch krank."

Petra: „Ein Einfaches Danke, hätte genügt."

Sandra: „Aber dafür gibt man doch seinen Körper nicht her. Petra, hierfür bist du zu wertvoll. Du hast es nicht nötig, mit jemandem zu schlafen, um Beweise für einen anderen zu bekommen."

Petra: „Die Beweise waren nicht für irgendjemanden, sondern für eine Frau die ich liebe. Ja, ich machte es aus Liebe zu dir."

Sandra wurde still und nachdenklich. Petra sprach weiter: „Sandra, du warst es mir wert, meinen Körper einzusetzen. Mit diesen Beweisvideos kannst du ihn endlich anzeigen, damit er seine gerechte Strafe bekommt. Nimm dich aber in Acht. Er behauptet, es war ein beiderseits gewollter Pornofilm."

Sandra: „Was? Spinnt er schon komplett? Er vergewaltigte und misshandelte mich."

Petra: „Ich weiß, Sandra."

Sandra: „Großartig. Fakt ist: es steht Aussage gegen Aussage. Er ist Polizist und ich eine Lesbin. Wer da wohl gewinnen wird? Also, keine Anzeige."

Petra: „Natürlich machst du eine Anzeige. Er darf nicht ungeschoren damit durchkommen. Ich stehe dir bei."

Sandra: „Wozu? Claudia, meine beste Freundin, liebt ihn. Meine Tochter hat endlich einen Vater."

Petra: „Sandra, du bist im Recht und du warst das Opfer. Er ist das Schwein. Du konntest nichts dafür. Wenn, deine Lieben das nicht verstehen, dann haben sie dich nicht verdient."

Sandra: „Julia ist meine Tochter. Sie ist mir wichtiger als alles andere auf dieser Welt."

Petra: „Und, was ist mit Claudia? Hat sie nicht das Recht, die Videos zu sehen, damit sie sieht, was für ein krankes Schwein sie liebt? Es ihr nicht zu zeigen, wäre egoistisch und unfair. Was, wenn er sie auch einmal vergewaltigt? Könntest du damit leben es ihr nicht gezeigt zu haben?"

Sandra: „Okay, ich stimme dir zu. Komm, lass uns gemeinsam zu Claudia fahren. Doch zuvor geben wir Clara Bescheid."

Auf dem Weg zu Clara, erwähnte Petra ihre Bedenken, wegen Claudia. Sie sagte:
„Es ist sicher besser, wenn du alleine mit Claudia sprichst. Ich sende dir die Videos, damit du sie auf deinem Smartphone hast."

Sandra war damit einverstanden. Doch zuerst wollte sie unbedingt Clara sehen. Im Krankenzimmer angekommen, umarmte Sandra die Prostituierte sehr liebevoll und zärtlich. Sowohl Sandra, als auch Clara, genossen die gemeinsame Zeit. Erst als Petra sie erinnerte, noch ein wichtiges Gespräch führen zu müssen, löste sich Sandra und verabschiedete sich.

Bei ihrem Fahrzeug angekommen, sah sie einen Brief an der Windschutzscheibe. Sie öffnete den Umschlag und fand ein Bild von sich und Clara. Darüber stand mit roter Farbe: Eure verhängnisvolle Sucht ist tödlich!

Sandra rannte ängstlich zu Petra in das Krankenzimmer von Clara und zeigte es ihr. Petra reagierte gelassen und beruhigte Sandra erstmals: „Eure verhängnisvolle Sucht? Was ist damit gemeint?"

Sandra: „Du bist doch die Polizistin. Erkläre es mir? Wer schreibt solche Nachrichten?"

Petra: „Lass und draußen reden."

Sandra: „Nein. Es betrifft auch Clara. Es geht um uns Beide."

Petra: „Gut, okay. Bist du stark genug Clara?"

Clara nickte und Petra zeigte ihr das Foto. Beim Anblick wurde sie ängstlich und auch traurig. Sandra hielt ihre Hand und sagte: „Wer schreibt so einen Schwachsinn?"

Petra: „Wen ich verdächtige, weißt du. Aber hierfür brauche ich Beweise. Eines würde mich interessieren, Sandra. Warum schreibt er, von einer verhängnisvollen Sucht? Wie soll ich das verstehen? Welche Sucht?"

Nach längerem Zögern, sagte Sandra: „Ist damit meine Sex-Sucht gemeint? Die eventuell zum Verhängnis werden könnte?"

Petra: „Bist du wirklich Sexsüchtig?"

Sandra: „Auf jeden Fall, ja. Dafür kann ich aber nichts. Es ist mit Sicherheit eine Sucht."

Petra: „Hast du neben Clara, auch noch andere Prostituierte besucht? Geht deine Sucht soweit, dass du alles in Anspruch nimmst, um deine Sucht zu stillen?"

Sandra: „Früher, definitiv ja."

Petra: „Geht das etwas genauer?"

Sandra: „Naja, jede Sucht gehört gestillt. Ich brauche täglich sexuelle Befriedigung, ansonsten werden ich sehr unruhig."

Petra: „Wussten das deine Sexpartner auch?"

Sandra: „Ich befriedige mich nur mit Frauen. Männer sind tabu. Nun könnte ich dich fragen, wusstest du davon? War das der Grund für deine härtere Vorgehensweise? Ist meine Sucht, ein Freibrief, mit dem Hintergedanken, sie braucht keinen Blümchensex, sondern heftiger?"

Petra: „Langsam Sandra. Ich entschuldigte mich dafür. Ich wusste es nicht, aber ahnte es. Natürlich darf niemand einen gewissen Punkt überschreiten. Wie war es bei euch Beiden?"

Sandra und Clara blickten sich an und Sandra sagte: „Mit Clara ist es etwas Besonderes. Sie versteht mich ohne Worte und weiß genau, was ich wünsche und benötige. Sie überschritt nie die Tabulinie. Ganz im Gegenteil, sie durfte mehr als andere Frauen. Ich traue mir zu sagen: Wir sind im sexuellen Bereich, wie geschaffen füreinander. Ja, wie Zwillinge, die genau wissen und spüren, was die Partnerin wünscht."

Sie sah zu Clara: „Das ist mein Gefühl."

Daraufhin nickte Clara mit einem Lächeln und drückte Sandras Hand stärker.

Petra äußerte sich dazu: „Du weißt aber schon, dass sie als professionelle Prostituierte, genau das machen muss, was du als Kundin haben möchtest. Und genau dafür sie bezahlst?"

Clara versuchte zu sprechen, aber es ging sehr schwer. Sandra versuchte es anders zu erklären: „Natürlich weiß ich das, Petra. Trotzdem war es zwischen uns immer etwas anderes, als bei anderen. Klar, kann ich es nur aus meiner Sicht erklären. Vielleicht sieht es Clara ganz anders, das kann schon sein. Für mich ist Clara, in diesem Punkt die perfekte Partnerin, die jedes Geld wert ist."

Petra: „Okay. Wer weiß über deine Sucht Bescheid, die dir offensichtlich zum Verhängnis werden soll?"

Sandra: „Wissen, tun es nur wenige Frauen. Natürlich Clara, und unbedeutsame Prostituierte von früher. Achja, Claudia, erzählte ich auch davon."

Petra: „Gut, so kommen wir nicht weiter. Doch, irgendeine Bedeutung muss es haben. Ich denke, es war Karl. Er ist ein Macho, der sehr gekränkt sein kann. Was sagst du?"

Sandra: „Ich weiß es nicht. Die Vergewaltigung liegt schon einige Jahre zurück. Warum gerade jetzt? Was für mich sehr fragwürdig ist, warum angelt er sich meine beste Freundin? Ist es wirklich nur ein Zufall, oder steckt hierbei ein teuflischer Plan dahinter? Claudia ist eine, doch leicht beeinflussbare Frau, die sich schnell verliebt. Da hätte Karl ein leichtes Spiel. Abgesehen davon ist sie bildhübsch und eine wahre Traumfrau."

Petra: „Ja, sie passt in sein Beuteschema, wie du. Durch meine Suspendierung wird es sehr schwer sein zu ermitteln. Aber, ich werde mein Bestes geben und diesen Typen zur Rechenschaft ziehen. Apropos Beuteschema, Clara fällt da auch hinein. Clara, kennst du Karl Krause?"

Clara zuckte fragend mit den Schultern. Petra zeigte ihr ein Foto von Karl, und sie verneinte es schließlich.

Als Sandra sich auf den Weg machte, um Claudia zu informieren, blieb Petra noch bei Clara im Krankenhaus.

In Claudias Boutique angekommen, versuchte Sandra vorsichtig ins Gespräch zu kommen. Sie wusste, wie heikel dieses Thema war. Nicht nur für Claudia, die Karl liebte, sondern auch für sie selbst.

Sandra: „Claudia, du bist meine beste Freundin."

Claudia unterbrach Sandra: „Beste Freundin, aber schläfst mit anderen Frauen."

Sandra: „Hey Claudia. Du bist meine beste Freundin und du bist heterosexuell. Auch wenn du eine Traumfrau bist, weiß ich, wo die Grenzen sind. Es geht um Karl. Ich erzählte dir von meiner Vergangenheit und was Karl damals mit mir machte."

Claudia: „Bitte, nicht schon wieder. Ich sehe in Karl das, was er heute ist. Gönn mir doch diese Liebe."

Sandra: „Ich gönne dir jede Liebe, die du verdienst."

Claudia: „Aber, nicht deine."

Sandra: „Claudia, bitte. Es ist sehr wichtig, dass du die Wahrheit erfährst. Ich habe Beweise von der Vergewaltigung. Diese Videos möchte ich dir zeigen. Bist du bereit dazu?"

Claudia: „Aha, jetzt auf einmal gibt es Beweise? Karl informierte mich über euren Pornofilm, den ihr damals machtet."

Sandra: „Hast du diesen angeblichen Pornofilm gesehen?"

Claudia: „Nein, darauf kann ich verzichten."

Sandra: „Nein, kannst du nicht. Hier, sieh es dir an. Bitte Claudia, mach dir selbst ein Bild."

Zögerlich sah sich Claudia die Videos an. Zu tiefst bewegt wurde sie, als sie die Brutalität und die Grausamkeit sah. Sie spürte, dies war kein gewollter Pornofilm, sondern eine brutale Vergewaltigung. Tränen flossen über ihr Gesicht und sie schämte sich, ihrer Freundin, nicht geglaubt zu haben.

Um noch eines Draufzusetzen, betonte Sandra: „Beachte bitte, ich war eine 15-jährige Jungfrau."

Jedes Detail sah sich Claudia an. Ihr innerlicher Zorn stieg von Minute zu Minute. Irgendwann konnte sie nicht mehr und schrie und heulte vor Schmerzen. Sandra umarmte sie, doch Claudia schrie sich die Seele aus dem Leib. So Unbeschreiblich schmerzerfüllt, waren diese Videos. In diesem Moment kam auch Julia in die Boutique, und erlebte den Schreianfall von

Claudia. Nichtsahnend, was der Grund dafür gewesen war, stand sie wie versteinert neben der Theke. Sandra hatte keine Chance ihre Freundin zu beruhigen. Erst als Claudia begann, Gegenstände der Boutique zu zerschlagen, riss Sandra sie zu Boden und hielt sie am Boden fest. Mit ihren Beinen umschlang sie Claudia und gewährte wegen ihres Minirocks, Einblick zu ihrem Schritt.

Als Julia dies sah, sagte sie: „Mama, du hast keinen Slip an."

In diesem Moment, kam Karl ebenfalls in die Boutique und sah die beiden Frauen am Boden.

Er schrie: „Ihr, zwei perversen und schmutzigen Schlampen. Wie krank seid ihr eigentlich?"

Er zerrte Sandra an den Haaren und schlug ihr mit der Faust ins Gesicht. Das Blut spritze aus ihrer Nase. Julia wollte ihrer Mutter helfen, aber Karl griff nach ihr und schrie sie an: „Du bist doch die Tochter, deren Mutter sich von Huren ficken lässt, oder?"

Claudia versuchte Julia zu beschützen, aber Karl trat mit den Füssen auf sie ein. Er hatte Julia fest im Griff und bevor er sie schlagen konnte, stand Sandra auf und schrie: „Lass sie los, sofort."

Karl drehte sich mit Julia zu Sandra und sagte: „Ist deine Tochter auch eine Hure wie du?"

Sandra konterte: „Nein, sie ist deine Tochter. Sie ist dein Fleisch und Blut, also lass sie gehen und nimm mich."

Karl fragte: „Stimmt das? Okay und was habe ich davon, wenn ich sie gehen lasse?"

Sandra: „Mich hättest du. Deine Tochter würdest du doch niemals schlagen. Nimm mich, mit mir kannst du alles tun, was du willst. Aber nur, wenn du unsere Tochter gehen lässt."

Karl antwortete: „Gut. Komm zu mir."

Sandra gehorchte, um Julia zu schützen. Karl nahm sie an den Haaren und fesselte Julias Hände mit Nylonstrümpfen an einem stabilen Eisengestell. Dabei verabreichte er ihr KO-Tropfen.
Anschließend, warf er seine Handschellen zu Claudia und zog dabei seine Dienstwaffe. Claudia musste sich selbst am Heizungsrohr fesseln. Dann stieß er Sandra zur Theke, zog seine Hose hinunter, fasste Sandra an den Haaren und schlug sie mit dem Gesicht auf die Thekenplatte der Boutique. Im Angesicht von Claudia, wollte er Sandra vergewaltigen. Doch, plötzlich stand Petra mit gezogener Waffe in der

Boutique und schrie: „Überleg dir gut, was du jetzt machst."

Karl erschrak sich und Sandra nutze diese Gelegenheit für ein Entkommen. Er visierte seine Waffe auf Sandra und ein Schuss löste sich.

Es wurde still in der Boutique.

Die Reaktionszeit von Petra war einzigartig. Sie feuerte den Schuss ab und traf Karl an der Hand.

Noch bevor Petra in die Boutique gekommen war, rief sie Oberst Pramer an und lies das Handy an. Er verständigte Beamte und hörte alles mit.

Kurze Zeit später, wurde Karl Krause verhaftet. Sandra wurde von einem Notarzt erstversorgt, aber sie verweigerte die Fahrt in ein Krankenhaus. Sie wollte bei Claudia und Julia bleiben.

Petra wurde persönlich von Oberst Pramer, ihren Chef, ebenfalls abgeführt, jedoch ohne Handschellen und jeglichen Widerstand. Immerhin war sie vom Polizeidienst suspendiert und feuerte mit einer privaten Waffe auf einen Menschen.

Entsetzt und geschockt von den Vorfällen, saßen Julia, ihre Mutter Sandra und Claudia in der Boutique. Erst langsam konnten sie das Geschehene verarbeiten. Sandra hielt Julia fest in ihren Armen. Sie trösteten sich gegenseitig.

Claudia versuchte darüber zu sprechen: „Wie konnte ich mich so in einem Menschen täuschen? Ich verliebte mich in einen Vergewaltiger und war blind vor Liebe. Die Freundschaft zu dir, hatte ich fast zerstört, weil ich es nicht wahrhaben wollte. Es tut mir so unendlich leid Sandra."

Sandra: „Schon gut, Claudia. Bitte, keine Vorwürfe mehr. Alles wird wieder gut werden. Unsere Freundschaft kann niemand zerstören, okay?"

Claudia: „Danke, Sandra. Wir halten zusammen und werden immer für uns da sein."

Julia: „Warum, ist mein angeblicher Vater, so ausgerastet?"

Sandra: „Wegen der Beweise, wie er mich vergewaltigt hatte."

Julia: „Und dabei bin ich entstanden?"

Sandra: „Nein, durch meine Liebe zu dir."

Julia: „Ja, schon, aber damit ich entstehen konnte, musste ein Mann seinen Anteil dazu beitragen. Also, kann ich jetzt sagen, ich bin ein Vergewaltigungskind."

Sandra: „Sieh es anders, mein Schatz. Eine lesbische Frau kann natürlich ohne Mann kein Kind zeugen. Jedes Drama hat auch etwas Positives. Ich trug dich unter meinem Herzen und nur du, gabst mir den Halt und die Lebensfreude zurück. Egal wer dein Vater ist, und wie du entstanden bist. Wir sind ein Herz und eine Seele."

Julia: „Trotzdem musst du ihn anzeigen, für das was er dir angetan hatte."

Sandra: „Ich denke, das werde ich nicht tun. Ich sehe das Geschenk, das dadurch entstand, nämlich dich, meine Liebe. Abgesehen davon, sollte man die Vergangenheit ruhen lassen und damit lernen umzugehen. Rückgängig kann man sowieso nichts mehr machen. Es reißt gerade mal alte Wunden auf. Machen wir gemeinsam einen Schlussstrich darunter und erfreuen uns, dass wir zusammen sind."

Claudia: „Schöne Worte, Sandra. Wie kann ich meinen Beitrag dazu leisten? Ich habe dir nicht vertraut und geglaubt. Das ist mehr als beschämend."

Sandra: „Komm her zu uns, Claudia. Ja, genauso, ganz nah. Du bist und bleibst meine beste Freundin."

Bis am späten Abend kuschelten sie zusammen. Als Julia sagte, sie sei müde, gingen sie gemeinsam in die oben gelegene Wohnung von Claudia. Julia schlief sehr schnell ein. Sandra kuschelte weiterhin mit Claudia.

Claudia gingen die Vorfälle noch immer durch den Kopf und sagte: „Mit was für Konsequenzen muss nun deine Petra rechnen? Immerhin hat sie uns gerettet. Zählt das nicht?"

Sandra: „Sie ist nicht, meine Petra. Nun, das wird das Disziplinarverfahren zeigen. Ich hoffe, sie sehen das Gute an Petra."

Claudia: „Klar ist sie deine Petra. Ihr seid doch zusammen."

Sandra: „Nein, wir sind nicht zusammen. Ja, wir haben Sex, aber wir sind kein Paar, okay?"

Claudia: „Und wie wird es jetzt mit euch weitergehen?"

Sandra: „Das wissen nur die Geister. Einfach mal abwarten."

Claudia: „Darf ich dir, eine sehr intime Frage stellen?"

Sandra: „Natürlich."

Claudia: „Du sagtest, du bist Sexsüchtig. Nun, wenn ich jetzt kombiniere: deine Prostituierte, also Clara liegt im Krankenhaus und deine jetzige Liebschaft ist anderwärtig mit persönlichen Problemen beschäftigt. Wie wirst du deine Sucht stillen?"

Sandra musste schmunzeln: „Ich werde schon Wege und Mittel finden."

Claudia lachte: „Du kannst mich gerne miteinbeziehen."

Sandra: „Ich weiß das sehr zu schätzen, meine Liebe."

Claudia: „Ich meine das wirklich so, Sandra. Aus Liebe zu dir, versuchte ich sogar beim letzten Treffen mit Karl, an sein Handy zu kommen. Nur aus Liebe zu dir. Doch, leider klappte es nicht so, wie ich es erhofft hatte. Er erwischte mich."

Sandra war schockiert: „Bin ich froh, dass dir nichts passiert ist. Gib bitte, immer auf dich acht. Ich brauche dich doch."

Claudia: „Wie sehr, und wobei?"

Sandra lächelte: „Jetzt hör schon auf. Wir sind und bleiben die besten Freunde."

Claudia: „Ja, schon gut. Eines würde mich noch interessieren. Hast du Sehnsucht nach Claras Nähe? Und, inwieweit unterscheiden sich die Liebesspiele mit Petra und Clara? Und, was machte Clara, dass du befriedigst warst? Hat sie bei dir ein Geheimnis gelüftet?"

Sandra: „Oh mein Gott. Das waren 4 Fragen, meine Liebe. Ich werde meine intimen Sexabenteuer, nicht ausplaudern. Nur eines, Clara kennt meinen Körper besser als ich selbst."

Claudia: „Darf ich deinen Körper auch einmal kennenlernen?"

Sandra lachte: „Claudia, jetzt hör auf damit. Du kennst doch meinen Körper. Bei jedem Outfit Wechsel konntest du ihn sehen. Und, dass ich sehr selten einen Slip trage, ist dir auch nicht entgangen. Du weißt, dass ich keinen Slip vertrage, bzw. ich mich eingeengt fühle."

Claudia: „Ich meinte, eher deine innerlichen Bedürfnisse. Man sagt doch, eine Frau wird bei Erregung feucht, oder?"

Sandra schmunzelte: „Ich denke schon, ja."

Claudia nahm Sandras Hand und führte sie in ihren Slip und sagte: „Spürst du es? Es ist kein Mann im Raum. Ich bin durch deine Anwesenheit erregt, Sandra. Ich liebe dich."

Sandra genoss das, was sie spürte und schloss ihre Augen. Zögerlich begann sie Claudias Vagina zu streicheln und zu massieren.

Nach einigen Minuten sagte Sandra: „Das ist unfair, Claudia. Du nutzt meine Sucht aus und du weißt, dass ich nicht widerstehen kann."

Claudia: „Dann genieße es doch einfach."

Mit verschlossenen Augen sagte Sandra leise: „Aber, das dürfen wir nicht. Unserer Freundschaft zuliebe…"

Claudia unterbrach sie: „Gerade deswegen, Sandra. Es ist meine freundschaftliche Pflicht. Oder, sieh mich als Suchtstiller, oder vielleicht als Frau, die du jetzt haben kannst. Egal was du in diesem Moment sehen möchtest, mach einfach das, was du jetzt möchtest und auch brauchst, ohne viel darüber nachzudenken."

Egal wie sehr sich Sandra innerlich dagegen stemmte, sie konnte gar nicht anders, als ihre

Sucht zu befriedigen. Ihre Lust war stärker als die Vernunft. Sie fiel in eine sexuelle Trancestimmung und verwöhnte Claudias Vagina, ohne weitere Gefühlsgedanken. Sie drehte Claudias Kopf zu sich und küsste sie leidenschaftlich auf den Mund. Mit den Fingern massierte sie weiterhin, Claudias Klitoris. Diese Berührungen waren für sie, absolutes Neuland. Noch nie in ihrem Leben, wurde sie so stimuliert wie von Sandra.

Es dauerte nicht lange, bis Claudia ihren ersten Orgasmus hatte. Sie zogen sich gegenseitig die Klamotten aus und Sandra legte sich mit dem Kopf zwischen Claudias Beine. Sie gab ihr ein Küsschen auf die Klitoris und spielte dann mit der Zunge um die Vagina herum. Mit ihrer Hand streichelte sie in kreisenden Bewegungen über Claudias Nabel und auch über ihren Bauch. Jeder Quadratzentimeter von Claudias Haut, wurde verwöhnt. Je mehr sie von Sandra geküsst und gestreichelt wurde, umso schneller bewegte sich ihre Bauchdecke im Rhythmus des Pulsschlages. Claudias Brustnippeln waren hart wie Stein. Durch die Erregung, sammelten sich Schweißperlen, die langsam über ihre zarte Haut liefen.

Erst nach langer Zeit begann Sandra mit ihrer Zunge, ihre Freundin am und im Intimbereich zu verwöhnen. Claudia war in Dauererregung. Sandra streichelte zusätzlich Claudias Analbereich und kreiste mit dem Finger darüber, bis sie schließlich mit ihrem Mittelfinger, langsam und behutsam eindrang. Claudia genoss einen Orgasmus nach dem anderen. Wie viele es tatsächlich waren, war schwer zu sagen. Es war eher ein Dauerorgasmus.

Nach langer Zeit brauchte Claudia eine Pause von der permanenten Erregung und legte Sandra auf den Rücken. In langsamen Schritten küsste sie Sandra von Kopf bis Fuß. Einen längeren Stopp, machte sie bei den Brüsten, dann beim Bauch und nur langsam näherte sie sich der Intimzone. Sandra war schon sehr wuschelig. Claudia, merkte das und folterte sie mit extrem langsamem Annähern. Als sie endlich Sandras Vagina mit der Zunge berührte, explodierte ihr Orgasmus. Claudia schmunzelte und verwöhnte sie weiterhin mit der Zunge und später zusätzlich mit ihren Fingern. Und das immer wieder, ohne jeglicher Pause. Sandra war im Dauerrausch, wie selten zuvor. Claudia verwöhnte ihre Freundin nach allen Fantasien, die eine Frau haben kann. Sandra erlebte einen Orgasmus nach dem anderen und kam aus den erregten Zuckungen nicht mehr heraus. Es glich schon einer Folter, wie Claudia ihre Freundin sexuell forderte.
Sandra war schon sehr geschwächt, aber trotzdem legte sie Claudia in die 69er Stellung. Nun wurden beide gleichzeitig verwöhnt. Sowohl mit der Zunge, als auch mit sämtlichen

Fingern und in beiden intimen Öffnungen im Schritt.

Beide hatten zur selben Zeit den absoluten und noch nie dagewesenen Orgasmus. Verschwitzt und ausgelaugt lagen sie dicht aneinander, als Julia hinzukam und sagte: „Dachte ich es mir, sorry, aber ihr wart nicht zu überhören. Keine Angst, ich habe euch nicht zugesehen."

Beschämt wollte Sandra aufspringen, aber ihre Knie waren zu weich und zu schwach.

Julia schmunzelte: „Schon gut, Mama. Es ist alles in Ordnung. Du brauchst dich für nichts zu schämen, okay? Ich bin kein Kind mehr."

Verlegen lächelten die beiden bildhübschen und splitternackten Frauen.

Julia setzte sich zu ihnen und sagte dann: „Eine Dusche könntet ihr beide vertragen."

Sandra lächelte: „Ja, aber ich kann noch nicht aufstehen nach diesem Marathon."

Daraufhin mussten Claudia und auch Julia lachen. Somit blieben sie erstmal verschwitzt sitzen und Julia servierte ihnen kühle Getränke.

Zur selben Zeit, wurde Karl Krause verhört. Er bestritt nach stundenlangem Verhör, weiterhin, die Vergewaltigung an der damaligen 15-jährigen Sandra. Es sei von beiden Seiten ein Pornofilm gewesen. Ohne Anklage konnten sie ihn auch nicht belangen. Da die Beweisvideos illegal eingeholt wurden, waren sie auch nichts wert.

Anders sah der Vorfall in der Boutique aus. Tatsache war: Versuchte Vergewaltigung und einen beabsichtigten Waffengebrauch, der durch Petra Steiner verhindert wurde. Aber auch hierfür, brauchte es Zeugenaussagen mit anschließender Anklage.

Petra Steiner wurde von Oberst Pramer alleine befragt und verhört. Ein Disziplinarverfahren war zwar eingeleitet, aber er wollte es intern noch irgendwie regeln.

„Frau Steiner, sie gehören zu den besten Kriminalbeamten, die ich je hatte. Ihr Ehrgeiz, wie weit sie für einen Beweis, oder für den Erfolg gehen, ist Ansichtssache. Doch zeigt es, wie sehr sie ihre Arbeit ernstnehmen und wie verbissen sie sind. Wo ihre persönlichen Grenzen sind entscheiden sie selbst. Honoriert wird dies alles von der Polizei nicht. Wenn sie ihren Körper sexuell einsetzen, gibt es keine Versicherung oder Haftung durch die Polizei. Es ist ihr Körper und den sollten sie beschützen und nicht gefährden. Ihr rasches Handeln in der Boutique spricht für sie. Genauso kenne ich sie und schätze ich sie. Dafür möchte ich mich in aller Form bei ihnen bedanken. Sie haben ein Massaker verhindert, davon bin ich überzeugt. Was mit Kollege Krause nun passiert, liegt nicht mehr in meiner Zuständigkeit. Meines Erachtens, war es eine Vergewaltigung. Doch sind die Beweise nicht zulässig und das wissen sie auch, Frau Steiner. Inwieweit Krause mit dem Anschlag auf die Prostituierte involviert ist, weiß ich nicht. Fakt ist: bis dato gibt es keinen Anhaltspunkt, oder Frau Steiner?"

Petra: „Leider nicht. Aber, ich werde auch das noch beweisen."

Oberst Pramer: „Wieder auf illegalem Weg in Steiners Manieren? Nein, Frau Kollegin. Sie nehmen sich bis zum Disziplinarverfahren eine Auszeit. Erst wenn die Suspendierung aufgehoben wird, dürfen sie wieder in den Dienst. Habe ich mich klar und deutlich ausgedrückt?"

Petra: „Ja, Chef."

Gleich am nächsten Morgen, besuchte Petra die verletzte Clara im Krankenhaus. Die Prostituierte war am besten Weg zur Heilung. Zwar noch schwierig und undeutlich kamen einzelne Wörter aus ihrem Mund, aber es wurde immer besser.

Petra unterhielt sich mit ihr. Sie öffnete ihr Herz und sprach offen über ihre Gefühle für Sandra. Clara verstand sie hierbei sehr gut, da sie selbst ebenfalls in Sandra verliebt war. Doch eine Prostituierte durfte ja keine Freierin lieben. Ihr Gespräch wurde immer privater und intimer. Petra wusste, dass Clara, Sandra besser und intensiver befriedigen konnte als sie selbst. Sie wollte das Geheimnis von Clara wissen. Was machte sie mit Sandra, was sie selbst nicht schaffte? Eine konkrete Antwort bekam sie nicht. Dies müsste sie schon selbst herausfinden. Sie schob es schließlich auf Claras Professionalität als Prostituierte, mit unzähligen Erfahrungen, die ihr niemand mehr nehmen konnte.

Petra wusste ja, wie Clara als Prostituierte war, immerhin war sie auch ihre Freierin. Doch dachte sie immer, Clara war großartig, aber doch ein Stück besser, als sie bei Sandra. Und genau das, wurmte sie. Auch wenn sie sämtliche Verführungen, Eins zu Eins umsetzte, war sie Clara unterlegen. Aber warum?

Diese Fragen konnte Clara, nicht beantworten. Sie sollte einfach sie selbst bleiben und niemanden kopieren. Jede Frau hat ihre Stärken, sie muss sie nur zulassen.

Wer den Anschlag an Clara verübte, wusste Petra nicht. Auch die Briefe und Fotos von Sandra und Clara, konnte sie nicht zuordnen. Ihr Verdacht liegt noch immer bei Karl. Offiziell ermitteln durfte sie noch nicht.

Das Motiv war für Petra klar. Eine verhängnisvolle Sucht. Das heißt: Sandras Sucht soll ihr zum Verhängnis werden, doch wie ist das genau gemeint? Und wer möchte, dass es ihr zum Verhängnis wird? Jemand, der mit ihrer Sucht nicht klarkommt, bzw. sie nicht akzeptiert. Ihr Verdacht fällt immer wieder auf Karl Krause. Er war gekränkt. Seine Ex ist jetzt eine Lesbin und holte sich Sex bei einer Prostituierten. Alles, was Karl als Macho, nicht akzeptieren konnte.

Detaillierte Beweise mussten auf den Tisch gelegt werden.

Noch bevor Sandra zu Clara fahren wollte, unterhielt sie sich mit Claudia. Julia traf sich in der Zwischenzeit mit ihren Freundinnen.

Sandra stellte folgendes fest, und sagte: „Zwischen unserem Vorgehen beim Sex ist mir ein wesentlicher Unterschied aufgefallen. Ich bin eher die, die schnell zur Sache geht. Ich denke, dass ich so geworden bin, durch meine Besuche bei Prostituierten. Da wird auch nicht lange herumgespielt, wenn ich das so gerade heraus, sagen darf. Im Gegensatz zu dir. Du fängst langsam an, genießt ein komplettes Vorspiel und vor allem merke ich, wie du dich an dem ganzen Umfeld erfreust. Ich hoffe, du weißt was ich meine? Dinge, die bei mir mittlerweile abgestumpft sind. Eines muss ich dir unbedingt noch sagen, für eine Frau, die zum ersten Mal mit einer Frau, Sex hatte, bist du einfach unbeschreiblich genial und ein wahrer Traum. Das ist wirklich so. Wahnsinn, Claudia. Kann es nicht sein, dass du doch schon einmal mit einer Frau, Sex hattest?"

Claudia lachte: „Ganz sicher warst du meine erste Frau. Aber, Dankeschön, dass ist sehr lieb von dir. Schön, solche Komplimente von dir zu hören. Ja, ich möchte es voll und ganz genießen. Dein Körper lädt mich auch dementsprechend ein, alles ganz genau und langsam zu erkunden. Jedes Stück deines Körpers ist ein Wunder."

Beide Frauen lachten und freuten sich. Sie kuschelten sich dicht aneinander und genossen die Zweisamkeit.

Claudia fragte ihre Freundin: „Liebst du eher den schnellen Sex, oder doch den Meinigen, der sehr langsam zum Ziel kommt?"

Sandra dachte kurz nach und antwortete: „Das kommt darauf an. Wenn ich meine Sucht stillen muss und zu einer Prostituierten gehe, dann sollte es rasch gehen. Warum? Weil jede Stunde etwas kostet und ich sowieso schon heiß bin. So wie es jetzt bei dir war in harmonischer Atmosphäre, gefällt mir deine Vorgehensweise, natürlich viel besser. Bei mir entscheidet es auch immer die Sucht, wie schnell sie gestillt werden muss. Ich weiß, das ist sehr schwer zu verstehen, und vor allem nicht immer erotisch, wenn man schnell zum Punkt kommen muss. Konnte ich mich irgendwie, verständlich ausdrücken?"

Claudia: „Ja, Ich glaube es verstanden zu haben. Inwieweit könntest du dir eine Zweisamkeit, mit eher langsamem Sex vorstellen? Oder, brauchst du die Besuche bei Prostituierten ebenso?"

Sandra: „Ach, Claudia. Diese Frage stellt sich bei mir gar nicht, da ich Beziehungsunfähig bin. Der Hauptgrund ist sicher meine Sucht."

Claudia: „Und wenn du eine Partnerin finden würdest, die deine Sucht stillt und dich auch mit ganzem Herzen, voll und ganz verwöhnt? Also, langsam mit ergiebigem Vorspiel bis zum völligen Orgasmus-Erdbeben?"

Sandra lachte laut: „Welche Frau, würde sich auf eine sexsüchtige Partnerin einlassen, die ihr Sexleben nach der Suchtvorgabe lebt und genau dann den Sex braucht, wann sie es braucht und nicht, wenn die Partnerin es möchte? Also, das geht nicht zusammen. Ich würde mich nicht aushalten. Die Sucht ist ein Teufelsspiel. Man bekommt jetzt das Bedürfnis, es zu brauchen. Jetzt und nicht in ein paar Minuten. Wenn die Sucht, nicht jetzt gestillt wird, werde ich unausstehlich und sehr unruhig. Dann muss es schnell gehen, ohne Wenn und Aber. Also, welche Frau würde sich das antun?"

Claudia: „Ich und zwar aus Liebe zu dir."

Sandra: „Das ist lieb von dir, Claudia. Du bist meine beste Freundin. Ich würde dir, dies niemals antun."

Claudia: „Ich mir schon, weil ich dich liebe, Sandra. Eines würde ich nicht akzeptieren. Und das ist Untreue. Dazu gehören auch Besuche bei Prostituierten. Wenn nur ich deine Liebe und Sexgespielin wäre, dann würde es klappen."

Sandra: „Ach, Süße. Ich glaube, du kannst dir so ein Leben gar nicht vorstellen, wie mühsam es sein kann, eine Sexsüchtige zu befriedigen. Jetzt, nachdem wir einen wunderschönen und harmonischen Sex hatten, wäre das Andere, ein purer Alptraum für dich. Zumal du eigentlich heterosexuell bist und bis gestern noch mit einem Mann zusammen warst. Hierbei solltest du dir auch die Frage stellen, ob dir nicht doch die Männlichkeit fehlen würde? Ja, es gibt Alternativ-Spielzeuge, aber viele Frauen brauchen einfach das echte und lebendige Stück des Mannes. Ich als Lesbin, sehe das natürlich anders, ich brauche die weiblichen Stellen und Reize, verstehst du? Ich finde den Penis eines Mannes unerotisch, da regt sich bei mir überhaupt nichts. Okay, Claudia. Ich muss dann aber wirklich mal los. Ich habe es Clara versprochen."

Claudia: „Flüchtest du, oder musst du wirklich zu ihr fahren?"

Sandra: „Ich muss, weil ich es möchte. Sie liegt meinetwegen im Krankenhaus, das steht fest. Und, weil ich sie sehr mag."

Claudia: „Kommst du dann wieder zu mir?"

Sandra: „Sehr gerne, aber es kann länger dauern."

Auf dem Weg ins Krankenhaus wurde Sandra erst bewusst, wie Claudia eine feste Beziehung mit ihr anstreben würde. Sie fragte sich, wie es sein würde, eine feste Beziehung zu haben? Gerade sie, die immer alleine lebte, abgesehen von ihrer Tochter.

Sandra konnte sich das überhaupt nicht vorstellen. Sie nahm sich immer die Sexpartnerinnen, nach ihrem Belieben und nach dem Drang ihrer Sucht. Wie könnte das, in einer festen Beziehung funktionieren? Hierbei würde sie die Partnerin seelisch strapazieren und sexuell sowieso. Wenn sie das unbedingte Verlangen nach hartem Sex hätte, welche Partnerin, würde das aushalten? Claudia? Daran zweifelte die hübsche Sandra. Die beste Freundin nimmt man doch nicht, um die Sucht zu befriedigen.

Sie dachte sich: Im harmonischen Sinn, wäre eine feste Partnerin, wie Claudia sicher ein Traum. Aber, mit ihrer kranken Sexsucht? Das konnte sie sich überhaupt nicht vorstellen. Dafür wäre auch Claudia viel zu labil, viel zu süß und viel zu verletzlich. Ja, einfach zu schade.

Mit unentschlossenen Gedanken über eine feste Beziehung, saß sie bei Clara. Sie hielten sich gegenseitig die Hand und Clara spürte ein Grübeln bei Sandra.

Clara nuschelte: „Was bedrückt dich?"

Sandra: „Ach, Clara. Viel und doch irgendwie nichts wichtiges."

Clara fragte nach: „Und das wäre?"

Sandra holte tief Luft und begann langsam zu erzählen: „Claudia, ist seit 2 Jahren meine beste Freundin. Sie ist heterosexuell. Beziehungsweise, war sie es. Jetzt ist sie bisexuell, weil ich mit ihr geschlafen habe."

Clara lächelte und drückte dabei Sandras Hand fester zusammen. Sandra sprach weiter: „Es war ein wunderschönes Erlebnis, keine Frage. Aber, jetzt sprach sie über eine feste Beziehung. Clara, du kennst mich doch schon sehr gut. Sei ganz ehrlich, ich bin doch die geborene Single-Frau, absolut Beziehungsunfähig."

Clara schüttelte den Kopf und sagte: „Nein, nur dein Kopf sagt das. Dein Herz wünscht sich ein trautes Heim."

Sandra: „Jetzt komm schon Clara. Du weißt, wie ich ticke, wenn meine Sucht mit mir durchgeht. Welche Partnerin würde das aushalten?"

Clara lächelte: „Eine Partnerin, die dich über alles liebt."

Sandra: „Jetzt redest du schon genauso, wie Claudia. Okay, Clara. Du kennst mich im normalen Zustand und auch wenn ich von der Sucht befallen bin. Du kennst alle Seiten in Bezug auf das Sexuelle an mir. Könntest du mit einer Frau wie ich es bin, eine feste Beziehung führen? Trotz des unterschiedlichen Verlangens der suchtgetriebenen Abartigkeiten?"

Clara: „Ja."

Sandra: „Ja? Obwohl ich, während der Suchtbefriedigung, sekündlich mein sexuelles Verlangen ändere? Obwohl ich, unausstehlich werde, wenn auf die Sekunde die Sucht nicht befriedigt wird? Und, obwohl ich zu einem Biest werde, während die Sucht über mich herrscht?"

Clara: „Meine Antwort als Prostituierte: Klar. Meine Antwort als Freundin: Ja, wenn die wahre Liebe dabei ist, erkennt deine Partnerin, dein Verlangen auch sekündlich, wenn es sein muss. Es kann sogar sein, dass deine Sucht zur puren Liebe wird. Adieu Sexsucht?"

Sandra: „Meinst du? Glaubst du, die Sucht könnte verschwinden, wenn ich eine für mich perfekte feste Partnerin hätte?"

Clara: „Könnte doch sein."

Sandra: „Das heißt, meine Sucht wird getrieben, weil ich alleine bin?"

Clara: „Es könnte auch so sein, dass du die unterschiedlichsten Sexvorlieben möchtest und du nur glaubst, es sei die Sucht. Keine Frage, du bist sexsüchtig, aber das sind viele Frauen und auch Männer. Vielleicht nicht so extrem ausgeprägt wie bei dir? Wenn du eine Partnerin hättest, die auf deine Sexpraktiken eingehen würde, wäre es vielleicht eine Art Heilung für dich. Vielleicht tut dir der permanente Partnerwechsel sexuell nicht gut. Konzertiere dich auf eine Partnerin, die dich liebt und die du liebst."

Sandra: „Wer könnte das sein?"

Clara: „Welche Frau liebst du tief im Herzen?"

Sandra: „Tief im Herzen? Ich glaube dich? Und auch Claudia, ja, ich denke schon."

Clara: „Du glaubst? So etwas spürt man."

Sandra: „Das ist nicht so leicht zu beantworten. Okay, jetzt frag ich dich. Wen liebst du, tief im Herzen und überlege jetzt nicht."

Clara lachte: „Klare Antwort, über die ich nicht nachdenken muss. Ich liebe dich, Sandra. Ich habe dich schon immer geliebt."

Während dieser Antwort von Clara, kam Petra unbemerkt ins Krankenzimmer. Als Clara und Sandra sie sahen, fragte Petra: „Und wen liebst du, Sandra?"

Sandra stand auf und sagte beim Gehen: „Am besten, niemanden. Ich lasse mich durchs Leben ficken, damit ich immer genug befriedigt bin und verbanne die Liebe aus meinem Leben."

Fragend blickten sich Clara und Petra an.
Nach einiger Zeit fragte Petra: „Habe ich etwas nicht verstanden?"

Sandra kam wieder herein. Sie weinte und sagte zu Clara: „Jetzt bin ich in dem Zustand, in dem ich dich bräuchte. Und jetzt? Was soll ich jetzt tun? Meine einzige Therapeutin liegt im Krankenhaus. Ich sterbe wegen dieser beschissenen Sucht."

Petra war etwas überfordert: „Was?"

Noch bevor Clara antworten konnte, lief Sandra weinend aus dem Krankenhaus.

Petra fragte Clara: „Was meinte sie damit? Und, was hat sie?"

Clara versuchte es zu erklären: „Sandra ist in einem Zustand, in dem sie mich beruflich in Anspruch genommen hätte. Wenn sie glaubt in einer Sackgasse zu sein, oder in eine getrieben wird und sie keinen Ausweg findet, benötigt sie, wie soll ich das sagen, okay, ich versuche es so, einen extrem harten Sex, zur Selbstbestrafung. Das ist das teuflische an ihrer Sucht."

Petra kombinierte und sagte: „Ich muss sie einholen und finden. Bis später Clara."

Die suspendierte Kriminalbeamtin lief suchend im Krankenhaus herum. Sie fragte eine am Gang stehende Krankenschwester: „Ist hier eine schlanke große Blondine im Minikleid und mit High-Heels vorbeigekommen?"

Die Krankenschwester antworte: „Ja, sie weinte bitterlich, sie lief da in Richtung Ausgang."

Petra rannte aus dem Krankenhaus, doch Sandra und ihr Auto waren nicht zu sehen. Sie stieg in ihr Auto und versuchte sie zu finden.

Sandra war auf dem direkten Weg zu einem einschlägigen Lokal, indem auch lesbische Prostituierte ihren Körper angeboten hatten. Sie parkte ihr Auto auf dem Parkplatz und ging selbstbewusst in das Lokal. Sie sah sich um, suchte sich eine Wunschpartnerin aus und fragte sie kurz und bündig: „Lesbisch?"

Die Auserwählte bejahte und sie gingen zusammen in ein Zimmer. Mit Gefühl begann die Prostituierte, Sandra langsam zu entkleiden.

Sandra zog ihr Kleid hoch und sagte: „Komm schon, besorg es mir wild und hart. Ohne viel Gefummel."

Die Prostituierte gehorchte und verwöhnte nach Sandras Belieben und Wünschen. Da sie selbst noch nie eine so zähe Freierin hatte, rief sie eine weitere Prostituierte zur Unterstützung herbei. Zusammen schafften sie es, Sandra nach mehrmaligen Orgasmen zu befriedigen.

Je mehr Sandras Intimbereich verwöhnt wurde und sie dadurch auch Schmerzen spürte, umso mehr wurde ihre Sucht und der Drang nach Bestrafung gestillt. Hierfür benötigte sie keine Schläge, wie bei vielen anderen Menschen, sondern eine direkte Bestrafung an, und in der Vagina und auch im Po-Bereich. Es musste die Verwöhnung über den Orgasmus hinaus passieren, ohne jegliche Pause. In einfachen Worten gesagt: Eine permanente, harte und wilde Bearbeitung, sowohl an der Vagina, als auch in der Vagina. Zusätzlich musste auch ihr After dementsprechend mit einem Dildo bearbeitet werden. Dies war ihr perfekter, Selbstbestrafungs-Sex, den sie ihrer Meinung nach, nur bei Prostituierten bekam. Bei Clara bekam sie alle Arten von Sex, so wie sie es wünschte. Clara fehlte ihr offensichtlich sehr.

Nach 2 Stunden bezahlte sie die Dienste für ihre Befriedigung und ging zu ihrem Auto. An der Windschutzscheibe klemmte ein zusammengefaltetes Stück Papier.

Darauf stand:
Deine verhängnisvolle Sucht führt dich zur verhängnisvollen Bestrafung, du Hure!!!

Sie zerknäulte das Papier, stieg ins Auto und fuhr zurück zu Clara.

Bei Clara angekommen, erzählte sie von der ominösen Nachricht. Clara war sehr besorgt um sie: „Sei bitte vorsichtig. Hat dich Petra eigentlich gefunden?"

Sandra antwortete: „Nein, warum sollte sie mich finden? Sucht sie mich?"

Clara: „Ja, natürlich. Nach deinem Auftritt machten wir uns große Sorgen. Verständlicherweise suchte dich Petra. Wo warst du?"

Sandra: „Bei einer Kollegin von dir. Besser gesagt, es waren Zwei. Eine alleine, schaffte es nicht. Dich kann halt niemand ersetzen."

Clara lächelte trotz großer Sorge: „Führte es wenigstens zum Erfolg?"

Sandra lachte: „Ja, zu zweit schafften sie es. Du siehst, du bist unentbehrlich, Clara."

Clara: „Liebend gerne wäre ich für dich da gewesen. Gib doch Petra Bescheid, sie sucht dich sicher noch immer."

Sandra: „Mache ich, versprochen. Gut, ich werde dann wieder fahren, meine Süße. Kann ich dir noch etwas Gutes tun, oder brauchst du irgendetwas?"

Clara: „Schön, dass du für mich da bist, Sandra. Das gibt mir Mut und die Kraft zur Genesung."

Nach einem zärtlichen und liebevollen Abschiedskuss, rief Sandra bei Petra an. Sie informierte Petra, dass alles in Ordnung war.

Gut gelaunt betrat sie die Boutique von Claudia. Sie küssten sich sehr leidenschaftlich zur Begrüßung. Spontan schloss Claudia ihr Geschäft und ging mit Sandra in die Wohnung. Claudia tat alles, damit sich Sandra bei ihr wohlfühlte. Für den Kopf bekam sie ein weiches Kissen auf der Couch. Ein weiteres Kissen unter ihre Füße. Sandra sollte an nichts fehlen.

Währenddessen, plagten Sandra, Gewissensbisse. Sollte sie Claudia über ihren Prostituierten-Besuch erzählen? Oder besser schweigen?
Ohne es zu ahnen, spürte Claudia sowieso, dass Sandra etwas belastete. Sie sprach sie darauf an: „Deine Gedanken, fliegen im Kreis? Was quält dich, Sandra?

Sandra: „Mit dir darüber zu reden, fällt mir sehr schwer. Ich erzähle es meiner besten Freundin, okay Claudia?"

Claudia: „Dafür sind beste Freundinnen ja da."

Sandra: „Ich hatte heute ein intimes Gespräch über Liebe und Beziehung mit dir und auch mit Clara. Ich war sichtlich überfordert und damit auch überrollt worden. Daraufhin trieb mich meine abartige Sucht, zu zwei Prostituierten, da es eine alleine nicht schaffte, mich zu befriedigen. Mittlerweile habe ich schon vor mir selber Angst. Mir geht es einfach beschissen. Ich hasse diese Sucht und dadurch auch mich."

Claudia: „Pssst, das darfst du nicht sagen, Sandra. Du bist einzigartig und ein sehr wertvoller Mensch. Ohne dich jetzt wieder in eine solche Situation bringen zu wollen und du auch nicht darauf antworten musst, möchte ich dir einfach sagen, ich bin für dich da und lass mich alle Frauen seien, die du nach deinen Trieben wünschst. Lass mich, deine einzige Frau sein. Während du nicht bei mir warst, habe ich viel nachgedacht. Und egal wie ich es drehe, ich liebe dich, ich brauche dich und ich möchte, wie bereits gesagt, alle Frauen für dich sein."

Sandra: „Du hast eine bessere Beziehung verdient, und…"

Claudia unterbrach sie: „Pssst, ich habe dich verdient und du hast eine Frau verdient, für alle Situationen, die du wünschst und brauchst. Vertraue du mir, so wie ich dir vertraue."

Sandra lachte: „Gibt es dich wirklich, oder träume ich?"

Claudia: „Hand aufs Herz, Sandra. Liebst du mich?"

Sandra: „Ja, sehr sogar. Aber, ich habe Angst, dich mit meiner Sucht zu verletzen. Und, da war noch etwas. Ein sogenannter Liebesbrief an der Windschutzscheibe meines Autos. Da stand wortwörtlich, deine verhängnisvolle Sucht, führt dich zur verhängnisvollen Bestrafung, du Hure."

Claudia war entsetzt: „Wer schreibt dir solche Nachrichten? Das ist doch krank? Ich habe wirklich Angst um dich, Sandra."

Sandra: „Das brauchst du nicht, denn ich habe jetzt dich, als meine Frau, oder?"

Claudia musste diese Wörter erst einmal fruchten lassen. Als sie es verstand, umarmte sie ihre Traumfrau und sagte: „Ich liebe dich so sehr, meine geliebte Sandra."

Nach einiger Zeit sagte Sandra: „Du wirst viel Geduld und Ausdauer benötigen, um mich auszuhalten, glaube mir, es wird nicht leicht werden. Und trotzdem freue ich mich sehr auf diese Zeit mit dir."

Petra wollte zu Sandra, und fuhr zu Claudias Boutique. Da die Tür verschlossen war, klopfte sie mehrmals dagegen. Als noch immer kein Mensch öffnete, rief sie bei Sandra an.

Nach einem kurzen Gespräch, gingen Sandra und Claudia in die Boutique und öffneten, für Petra die Tür.

Petra war sehr besorgt und sagte: „Wo warst du heute? Ich machte mir große Sorgen um dich."

Sandra: „Es ist alles wieder gut, du kannst dich entspannen. Wo hast du mich eigentlich gesucht?"

Petra: „Ich suchte die gesamte Gegend um das Krankenhaus ab und dann auch den Weg zur Boutique, die aber geschlossen war."

Sandra blickte zu Claudia und fragte: „Geschlossen? Warum?"

Claudia: „Ich musste zur Bank und dann war ich noch kurz einkaufen. Natürlich musste ich in dieser Zeit das Geschäft schließen."

Petra: „Also, Sandra, wo warst du?"

Sandra: „Langsam Petra, komm wieder mit deiner Stimmlage herunter. Ich darf alles tun was ich möchte, okay? Ich bin ein freier Mensch. Aber gut, ich war im östlichen Teil der Stadt."

Petra: „Östlich? Meinst du das Rotlicht-Viertel?"

Sandra schwieg und Petra fragte nochmals: „Möchtest du mir keine Antwort geben? Wir lieben uns doch. Das ist doch verständlich, dass ich mich um dich sorge."

Sandra: „Wir sind kein Paar, Petra. Ich bin ein freier Mensch. Ich finde es total lieb von dir, dass du dich um mich sorgst und es tut mir leid, dass du dir überhaupt Sorgen machen musstest. Aber, bitte respektiere meine Freiheit."

Petra: „Machst du gerade mit mir Schluss?"

Sandra: „Wir hatten unseren Spaß. Es gefiel mir wirklich sehr gut. Doch waren wir nie zusammen, Petra. Ich kann nicht Schluss machen, da wir nie ein Paar waren. Es war ein gemeinsames Abenteuer."

Petra: „Oh, wie nett, ich war ein Abenteuer, großartig."

Sandra blieb ruhig und gefasst: „Petra, ich habe mich für eine Veränderung in meinem Leben entschieden. Claudia und ich, sind nun ein Paar."

Petra: „Aha, Claudia. Kann deine Claudia das Beweisen, dass sie bei der Bank war und danach einkaufen? Warum vertraust du ihr mehr als mir? Was habe ich dir getan? Ich war immer auf deiner Seite. Es war meine Leistung, die Vergewaltigung von Karl zu beweisen. Und eine weitere zu verhindern. Ich machte es nicht nur aus polizeilichen Gründen, sondern aus Liebe."

Sandra ging auf Petra zu, nahm ihre Hände und sagte sehr liebevoll: „Hierfür, bin ich dir ewig dankbar und ein Platz in meinem Herz ist nur für dich, ebenfalls aus Liebe. Gehe bitte nicht aus Zorn, sondern trage auch du, ein Stück von mir in deinem Herzen. Unsere Erlebnisse bleiben uns für immer. Ich würde mich sehr freuen, wenn unsere Freundschaft bestehen bleiben könnte."

Petra löste sich heftig von Sandra und antwortete: „Du bietest mir eine Freundschaft an? Was ist mit unserer einzigartigen Liebe? War alles nur ein Spiel? Ein freundschaftliches Abenteuer?"

Sandra: „Du regierst zornig und du bist verletzt. Es tut mir aufrichtig leid, Petra. Ich werde weiterhin, nur an das Schöne zwischen uns denken. Warte bitte noch einen Moment. Ich möchte dir noch etwas geben."

Sandra holte die zerknäulte Nachricht aus ihrer Tasche und streckte es Petra zu.

Petra las die Nachricht und sagte daraufhin: „Warum gibst du es mir? Achso, als Polizistin, tauge ich noch, oder?"

Sandra: „So meinte ich es nicht. Vielleicht gehört das Papier dir?"

Petra: „Gut, danke für dein Vertrauen, Sandra."

Petra ging sehr enttäuscht und ohne weitere Worte.

Nun standen Sandra und Claudia, alleine in der Boutique. Sandra war sehr traurig über das Gespräch mit Petra. Claudia versuchte ihre Freundin auf andere Gedanken zu bringen und sagte: „Hey, wollen wir uns verschiedene Outfits anlegen, wie früher?"

Sandra: „Nein, eher nicht. Möchtest du mit mir nach oben gehen und mich fest in deinen Armen halten?"

Claudia bejahte, schloss ihre Boutique und ging mit Sandra in die Wohnung.

Auf der Couch umarmte Claudia ihre Sandra sehr herzlich und sehr liebevoll. Dabei streichelte sie ihren Kopf. Sandra genoss es, einfach nur gehalten zu werden.

Nach einiger Zeit fragte Claudia: „Möchtest du darüber reden? Immerhin hattest du mit Petra ein schönes Abenteuer und dir liegt etwas an ihr."

Sandra: „Vielleicht habe ich sie zu Unrecht verdächtigt und dadurch verletzt. Ich kann sie schwer einschätzen. Sie ist oft so unberechenbar. Sie versuchte, um mich glücklich zu machen, Clara zu kopieren. Aber, warum? Niemand kann einen anderen kopieren. Jeder Mensch ist einzigartig."

Claudia: „Sie spürte deine Liebe zu Clara."

Sandra: „Wie ist es für dich? Immerhin kennst du auch meine Frauen, mit denen ich schöne Stunden hatte."

Claudia: „Jeder Mensch hat seine Vergangenheit, das soll auch so sein. Tja, wie geht es mir damit? Ich sitze mit dir auf dieser Couch und ich bin glücklich verliebt. Genügt diese Antwort?"

Sandra schmunzelte und nickte. Claudia sprach weiter: „Ich halte dich in meinen Händen und du bist bei mir."

Nach einigen Minuten des Kuschelns, fragte Sandra: „Denkst du eigentlich noch an Karl? Deine Liebe zu ihm war doch sehr ernst gemeint. Ich frage mich, ob dein Übergang zu mir, Probleme bereiten könnte?"

Claudia: „Karl ist Geschichte. Ich habe mich blenden lassen, wie es mir schon oft passiert war. Doch nun habe ich dich. Was Besseres konnte mir nicht passieren. Es ist erstaunlich, dass ich keine Sehnsucht nach Männlichkeit habe. Du als Frau gibst mir mehr als jeder Mann."

Sandra: „Sehr schön gesagt. Glaubst du, die Fotos und Nachrichten, sind von Karl gewesen? Oder könnte es auch Petra gewesen sein?"

Claudia: „Ich weiß es nicht. Wem würdest du es zutrauen?"

Sandra: „Ich habe keinen Schimmer. Vielleicht sollte ich einfach darüberstehen und es nicht beachten. Obwohl, der Anschlag auf Clara, auch damit zu tun hatte. Clara wurde meinetwegen verletzt, das ist bewiesen."

Claudia: „Die letzte Nachricht kann aber nicht von Karl sein. Er wurde doch verhaftet, oder nicht?"

Sandra: „Inwieweit er in Haft ist, weiß ich nicht. Rein theoretisch könnte er es schon gewesen sein, aber auch Petra, glaube ich. Okay, Schluss damit. Möchtest du mich küssen?"

Das verliebte Paar verschmolz miteinander.

Während Sandra und Claudia sich intim verwöhnten, ging Petra trotz Suspendierung auf Beweisjagd.

Da ihr Liebesleben gerade voll im Keller war, konzentrierte sie sich auf ihre berufliche Intuition. Eine gute Kriminalbeamtin durfte sich, ihrer Meinung nach, sowieso nicht von Liebesgeschichten ablenken lassen.

Von ihrer illegalen Ermittlung wurde sie allerdings gestört. Oberst Pramer bestellte sie ein, um klärende Gespräche zu führen.

Er teilte ihr folgendes mit: „Nach telefonischer Abklärung, stellt Frau Sandra Sommer, keine Anzeige gegen Karl Krause. Weder gegen die damalige Vergewaltigung noch gegen die Vorfälle in der Boutique. Sie möchte in Ruhe und Frieden mit ihrer Tochter leben. Sie ist der Meinung, dass Krause gestraft genug sei, durch sein Verhalten. Wie sie das gemeint hatte, entzieht sich meiner Vorstellungskraft. Selbstverständlich wird er sich Verantworten müssen. Was werden sie zu Protokoll geben? Könnte es nicht so gewesen sein, dass sie zufällig vorbeigekommen sind und einen unbedeutsamen Streit zwischen Sommer und Krause geschlichtet hatten?"

Petra musste geschockt erstmal tief durchatmen und das Gehörte verdauen.

Oberst Pramer sagte weiter: „Ihr Disziplinarverfahren könnte eventuell verkürzt werden. Schauen sie, Frau Kollegin. Ich würde sie nur ungern verlieren und auch Krause. Ihr Beide seid verdammt gute Polizisten. Jetzt ist halt die Frage, was geschah wirklich in der Boutique? Wie gesagt, Frau Sandra Sommer stellt keine Anzeige. Was soll ich jetzt in das Protokoll schreiben?"

Petra: „Bei allem Respekt, Herr Oberst. Ich stehe zu meinem fehlerhaften Ausraster und werde…"

Oberst Pramer unterbrach sie: „Durch Stolz ist man kein Gewinner. Egal was sie jetzt sagen wollten. Ihre und auch Krauses Zukunft, liegt jetzt in ihrer Hand."

Petra: „Mein Protokoll mit meiner Stellungnahme, liegt doch schon längst auf ihrem Tisch, Herr Oberst."

Oberst Pramer: „Ja, genau, da liegt es doch, oder doch nicht? Sie entschuldigen mich bitte kurze Zeit? Ich hatte heute schon viel getrunken und muss dringend austreten."

Oberst Pramer schob das Protokoll in Richtung Petra und verließ das Büro.

Petra kämpfte mit sich selbst. Ehrlichkeit stand bei ihr immer im Vordergrund. Karl ist schuldig, ohne Wenn und Aber, murmelte sie. Am meisten beschäftigte sie, die unangenehme Suspendierung. Sie ist mit Leib und Seele, Kriminalkommissarin. Spontan nahm sie das Protokoll zu sich.

Als Oberst Pramer zurückkam, war sein Augenmerk auf das fehlende Protokoll gerichtet. Er sagte: „Gut, Frau Kollegin. Was schreiben wir in das Protokoll?"

Petra: „Herr Oberst. Ich habe mein Protokoll bei mir. Ich vergaß es ihnen zu geben. Doch könnte ich zu viele Fehler geschrieben haben. Diesbezüglich hätte ich noch ein paar Fragen, wenn sie erlauben?"

Oberst Pramer: „Wenn ich meinen Beitrag dazu leisten kann, Bitte."

Petra: „Wann haben sie mit Frau Sommer telefoniert?"

Oberst Pramer: „Vor etwa einer Stunde. Kurz bevor ich sie zu mir bestellte."

Petra: „Der Anschlag auf die Prostituierte Clara ist noch nicht fertig ermittelt. Diesbezüglich könnte Karl Krause beteiligt sein. Wer wird in diesem Fall ermitteln?"

Oberst Pramer: „Sie persönlich Frau Kriminalkommissarin."

Petra: „Gibt es Ermittlungsbeschränkungen?"

Oberst Pramer: „Solange vorschriftsmäßig ermittelt wird und keine illegalen Beweise auftauchen, nein."

Petra: „Herr Oberst, ich möchte sie höflichst bitten, mein Protokoll neu aufzusetzen, da ich unzählige Fehler hatte, und ich dieses Protokoll vernichten werde."

Oberst Pramer: „Sehr gerne, Frau Kriminalbeamtin."

Zusammen schrieben sie die Aussage von Petra in das neue Protokoll, das anschließend, dem Disziplinarverfahren übergeben wurde.

Karl Krause, war wieder im Dienst.
Petra musste auf das Urteil warten. Dies hinderte sie nicht daran, schon jetzt zu ermitteln.

Eine Woche später:

Sandra und ihre Tochter Julia, zogen bei Claudia ein. Julia, gefiel dieses Leben und ging sehr brav in die Schule.
Sandra hatte keine weiteren Nachrichten mehr bekommen.

Clara durfte das Krankenhaus verlassen. Claudia hatte zu diesem Zeitpunkt viele Kundinnen in der Boutique. Sie schickte Sandra alleine zu Clara.

Mit einem liebevollen Kuss auf den Mund, begrüßte Sandra, ihre Prostituierte. Sandra brachte sie in Claras Wohnung, was auch ihre berufliche Liebeswohnung war.
Als Clara hineinging, sagte sie zu Sandra: „Das alles werde ich aufgeben. Es gibt keine Prostitution mehr. Ich verkaufe meinen Körper nicht mehr. Hilfst du mir, eine andere Wohnung zu finden? Ich möchte ein neues Leben beginnen."

Sandra war überrascht: „Wirklich? Du sagtest einmal zu mir, du seiest mit Stolz eine lesbische Hure. Das waren deine Worte."

Clara lachte: „Ja, das stimmt. Jetzt fängt ein neues Kapitel an."

Sandra: „Jetzt weiß ich gar nicht, ob ich mich freuen sollte?"

Clara beruhigte sie: „Hey Sandra. Du bist jetzt in einer festen Beziehung mit Claudia. Aber, wenn du eine Prostituierte brauchst, dann besuch doch die private Clara. Sie weiß, was sie tut, okay?"

Sandra: „Wirklich? Wow, was für eine Ehre für mich. Natürlich helfe ich dir beim Wohnungswechsel samt Neubeginn. Ich hätte sogar schon eine Wohnung für dich. Meine könntest du haben. Diese steht leer."

Sie packten alle Taschen und Koffer, die sie finden konnten, und fuhren in Sandras Wohnung. Zusammengeräumt war sie nur zum Teil. Sie hatte noch nicht alles zu Claudia gebracht. Dies störte Clara überhaupt nicht. Sie war sehr glücklich, hier sein zu dürfen.

Clara fragte neben dem Einräumen des Kleiderschranks: „Wann lerne ich endlich deine Claudia kennen?"

Sandra: „Hoffentlich bald. Leider konnte sie heute nicht, aber sicher bald. Du wirst sie mögen und lieben, Clara."

Clara: „Weiß sie von unserer gemeinsamen Vergangenheit?"

Sandra: „Natürlich. Ebenso, dass ich dich noch immer liebe und sehr schätze."

Clara: „Sag das nicht zu laut, Süße."

Sandra: „Das darf die ganze Welt wissen. Oh, es ist schon spät. Kommst du alleine klar? Ich möchte Claudia noch in der Boutique helfen. Derzeit geht es drunter und drüber."

Mit einem liebevollen Kuss auf den Mund, verabschiedete sich Sandra. Clara war überglücklich in Sandras Wohnung. Sie ging von Raum zu Raum und spürte ihre Nähe. Der Duft von Sandra lag in der Luft. Dass sie sich in ihre ehemalige Freierin verliebte, durfte ihr aus beruflicher Sicht niemals passieren. Doch bereits bei ihrem ersten Aufeinandertreffen, war es um Clara geschehen. Professionell überspielte sie die Liebe sehr gekonnt. Natürlich war Sandra für Clara nie eine herkömmliche Freierin, sondern ihre Traumfrau. Sandra war auch eine der wenigen Kundinnen, die Clara nie wie eine Prostituierte behandelte. Ihre Treffen waren immer sehr liebevoll und respektvoll.

Claudia war mit Kundinnen beschäftigt, als Sandra kam. Sie küssten sich lächelnd auf den Mund und Sandra übernahm einige Beratungen. Die Kundinnen waren sehr zufrieden und fühlten sich sehr wohl.

Nach der Schule kam Julia hinzu. Auch sie beriet eine Kundin. Julia schlüpfte gekonnt in die Rolle einer Modeexpertin.

Am Abend, als die letzte Kundin, zufrieden das Geschäft verließ, schloss Claudia die Boutique. Zusammen gingen sie in die Wohnung und atmeten tief durch.

Erst nach einiger Zeit erzählte Sandra, dass sie ihre Wohnung, Clara übergeben hätte.

Claudia war begeistert: „Großartig. Ich nehme dies als ein Ja, für unser Zusammenleben an?"

Sandra: „Wenn du mich und Julia, in deiner Nähe haben möchtest, schrecklich gerne."

Claudia umarmte Sandra und Julia freute sich sehr für ihre Mutter und Claudia: „Ihr beide seid ein wunderschönes Traumpaar. Wer ist eigentlich der Mann in der Beziehung?"

Claudia und Sandra schauten sich an und begannen zu lachen. Sandra sagte: „Frauenpower, mein Schatz. Das ist eine Männerfreie Zone."

Julia fragte nach: „Gilt das auch für mich? Oder, muss ich jetzt lesbisch werden?"

Sandra: „So ein Quatsch. Wie du dich sexuell orientieren wirst, ist ganz alleine deine Entscheidung. Tief im Herzen, wirst du es spüren."

Julia: „Dann bin ich beruhigt. Ich wollte dich noch fragen, ob ich heute bei Anne übernachten darf? Natürlich ohne lesbische Gedanken."

Sandra und Claudia begannen Kissen auf Julia zu werfen. Eine wilde Kissenschlacht wurde entfacht. Zusammen hatten sie sehr viel Spaß.

Die lustige Stimmung wurde durch ein Klopfen unterbrochen. Claudia rannte in die Boutique und sie erkannte Karl vor der Glastür. Sie rief Sandra zu sich.
Gemeinsam öffneten sie die Tür. Claudia fragte: „Karl, was willst du hier?"

Karl antwortete: „Hallo Claudia. Ich bin wieder im Polizeidienst. Was ich hier möchte? Claudia, wir sind doch zusammen."

Claudia: „Nein, du hast mein Vertrauen missbraucht. Glaubst du wirklich, nach deinem Auftritt neulich, sind wir noch ein Paar?"

Karl: „Bitte gib mir eine zweite Chance. Ich habe Fehler gemacht, das tut mir unendlich leid."

Claudia: „Nein, bitte gehe jetzt."

Claudia schloss die Tür und ging Händchenhaltend mit Sandra in die Wohnung. Karl stand noch einige Zeit vor der verschlossenen Tür und ging später lautlos fort.

Julia, die bei der Treppe alles beobachtet hatte, sagte dann zu den beiden Frauen: „Mit einem friedlichen Ausgang hatte ich jetzt nicht gerechnet."

Sandra antwortete: „Das nennt man, die Ruhe vor dem Sturm."

Claudia: „Glaubst du? Jetzt wird er sich doch keine Ausrutscher mehr erlauben."

Sandra: „Schenken wir ihm keine Aufmerksamkeit mehr. Julia, sei bitte vorsichtig, versprich mir das."

Julia versprach es ihrer Mutter mit einem Kuss auf den Mund, und auch Claudia. Stolz und mit erhobenem Haupt ging Julia, nicht wie vereinbart zu Anne. Sie ging zu ihrer ehemaligen Wohnung, weil sie die Frau kennenlernen wollte, der ihre Mutter vertraute.

Sie klopfte an die Tür und Clara öffnete mit den Worten: „Hallo, ja bitte."

Julia antworte zögerlich: „Hallo. Ich bin Julia, die Tochter von Sandra Sommer."

Clara lächelte sie an: „Oh, das freut mich. Kann ich etwas für dich tun?"

Julia: „Nein. Sie sind also die Prostituierte, die meine Mama aufsuchte und bezahlte."

Clara war irritiert: „Möchtest du nicht hereinkommen?"

Julia trat ein und sah Clara ganz genau von oben bis unten an. Dann sagte sie: „Sie sehen gar nicht aus wie eine lesbische Prostituierte."

Clara schmunzelte und antwortete: „Wie sieht denn eine lesbische Prostituierte, deiner Meinung nach aus?"

Julia: „Anders? Vielleicht so wie Julia Roberts in Pretty Woman?"

Clara lachte und fragte: „Wegen ihrer Schönheit?"

Julia: „Sie sind auch schön. Ich meinte viel mehr das Erscheinungsbild. Das Outfit und die

Klamotten. Sie sehen irgendwie normal aus."

Clara: „Ich bin auch eine normale Frau. Ich trage wie viele Frauen, die unterschiedlichsten Outfits, je nach Geschmack und Belieben."

Julia: „Darf ich sie etwas fragen?"

Clara: „Nur wenn du Clara zu mir sagst, okay?"

Julia: „Ja, okay. Warum bist du eine lesbische Prostituierte?"

Clara: „Weil ich schon früh merkte, dass ich nur Frauen liebe."

Julia: „Und wie wusstest du es?"

Clara: „Das spürt man eben. Schau, zu welchem Geschlecht füllst du dich hingezogen. Siehst du dir lieber einen durchtrainierten Mann, oder eine hübsche Frau an."

Julia: „Beides, das ist ja das Komische bei mir."

Clara: „Das ist nicht komisch, Julia. In der Pubertät tastet sich dein Körper samt all deiner Sinne, an alles heran, bis er weiß, was er möchte. Lass dir Zeit und folge deinen Sinnen und deinen Gefühlen, wonach dir ist. Hast du mit deiner Mama darüber geredet?"

Julia: „Nein. Sie ist ja meine Mama, das geht nicht. Was ist eigentlich, wenn ich beide Geschlechter anziehend finde? Muss ich mich da entscheiden?"

Clara: „Nein, wenn es so ist, nennt man es bisexuell. Du kannst einen Jungen küssen und auch ein Mädchen. Vielleicht weißt du dann, was dir lieber ist."

Julia: „Das habe ich schon. Dadurch bin ich nicht schlauer geworden. Es gefielen mir beide, das ist ja das Problem."

Clara: „Sieh es nicht als Problem an, sondern als Bereicherung. Du musst dich nicht entscheiden. Wähle zwischen Jungs und Mädchen, wie du dich fühlst. Sei du selbst und hör auf dein Herz."

Julia tat es gut, mit einer erwachsenen Frau, darüber zu sprechen. Bei ihrer Mutter hatte sie doch ein wenig Schamgefühl. Dies war auch der Grund warum sie Clara bat: „Erzähl bitte Mama nicht, von unserem Gespräch. Es ist mir peinlich."

Clara beruhigte sie: „Mach dir keine Gedanken darüber. Deine Mama hat mehr Verständnis, als du es dir denkst."

Julia: „Wie kam es dazu, dass du deinen Körper verkauftest?"

Clara: „Den Körper zu verkaufen, finde ich eine falsche Interpretation. Zumindest in meinem Fall. Es war meine Entscheidung und ich habe es so gewollt."

Julia: „Was war der Grund, für diese Entscheidung?"

Clara: „Die Liebe zu Frauen."

Julia: „Ja, aber als Prostituierte zu arbeiten?"

Clara: „Du solltest eigentlich mit deinen Freundinnen oder doch mit deiner Mama, über dieses Thema sprechen."

Julia: „Nein, du bist eine echte Prostituierte, die sich auskennt. Was wissen denn meine Freundinnen schon? Und meine Mama mag ich nicht fragen. Bitte erzähl mir etwas von deinem Job, bitte."

Clara: „Also gut. Als ich 16 Jahre alt war, hatte ich die Möglichkeit mit einer sehr hübschen Frau zu schlafen. Die Nacht war ein Traum. Von da an wusste ich, so möchte ich mein Geld verdienen. Permanent Sex zu haben und dafür noch Geld zu bekommen. Natürlich ist es nicht immer so, wie man es sich gewünscht hatte. Zumindest zu Beginn darf man nicht wählerisch sein. Jede Frau war eine Kundin, egal wie sie optisch aussah. Das ist eine sehr harte Arbeit und man braucht viel Ausdauer. Es gab Tage, an denen Kundinnen hintereinander vor meiner Tür standen. Egal ob groß oder klein, schlank oder dick. Erst mit den Jahren, wenn man sich einen Namen gemacht hat, kann man sich die Kunden aussuchen. Das nennt man die Nobelklasse. Aber hierfür braucht man sehr viel Erfahrung, Disziplin und vor allem Respekt. Nur wenn man es trotzdem gerne macht, ist man glücklich."

Julia: „Du hast dich also sehr früh für diesen Beruf entschieden."

Clara: „Nun, als 16-jährige war es mehr eine Phantasie vom Luxusleben, was sich rasch als Traum herauskristallisierte. Täglich musste ich Opfer bringen und mein Körper wurde stets an sein Limit gebracht. Aber, mit diesem Job, konnte ich mein Studium finanzieren. Ich absolvierte das Jus-Studium mit Erfolg und bekam den Doktortitel. Beruflich hatte mich das nicht gefordert. Somit entschied ich mich für das Leben als Nobel-Prostituierte. Das geht aber nur, wenn man mit dem ganzen Herzen bei der Sache ist. Und es wirklich freiwillig tun möchte."

Julia: „Danke, dass du mir deine Geschichte erzählt hast. Und welche Art von Kundin, war meine Mama?"

Clara lachte: „Die beste und schönste, die man sich wünscht."

Julia lachte ebenfalls: „Klar doch, wie sonst."

Sie unterhielten sich noch eine Zeit lang und vereinbarten, dass ihre Gespräche nicht ausgeplaudert werden. Es waren ihre geheimen Gesprächstreffen. Dann ging Julia zu ihrer Freundin Anne, die im selben Wohnbau wohnte.

Für Julia war es eine sehr wertvolle und wichtige Unterhaltung mit Clara. Julia ist für ihre 14 Jahre, schon sehr reif, obwohl sie altersgemäß, oft teenagermäßige Äußerungen von sich gab. Trotz allem war sie reifer, als ihre vielen Freundinnen in ihrer Altersgruppe. Sie machte sich intensive Gedanken über ihre Sexualität, obwohl sie noch Jungfrau war. Heterosexuell, oder doch lesbisch? Bei ihrer Freundin hatte sie immerhin schon das Bedürfnis, die Vagina zu massieren. Wenn sie Heterosexuell wäre, hätte sie dieses Verlangen nicht gespürt und das wusste sie. Clara war ihre perfekte Partnerin für ihre Gedanken, immerhin war Clara eine professionelle Prostituierte, die wusste was sie sagte. Ihre erste Küsserei war mit ihrer Freundin Anne, erst dann küsste sie einen

Jungen. Auch hierbei fühlte sie Erregung, die ihr gefiel. Den Penis des Jungen, hätte sie aber auch gerne gestreichelt. Sie wusste und spürte, beide Geschlechter erregten ihren Körper. Genau das verunsicherte sie. Deswegen waren die Gespräche mit Clara so wertvoll.

Mit ihrer Mutter traute sie sich nicht über diese Gefühle und auch Verlangen reden. Bei Clara war es etwas anderes. Sie ist eine unparteiische Ansprechperson, der sie von Beginn an vertraute. Nicht zu vergessen, dass sie sich dabei erwachsener fühlte.

Julia spürte, dass sie bereit war für ihren ersten Sex. Doch, mit wem? Aus Zeitschriften bzw. aus Internetartikeln wusste sie, es wird beim ersten Mal schmerzhaft sein. Ihr Wunsch wäre ihre Freundin Anne. Wäre sie überhaupt bereit mit ihr sexuell zu verkehren? Das machte ihr große Angst. Oder wäre es sinnvoll beim ersten Mal, einen Jungen zu wählen?

Sie war sich unsicher und darüber machte sie sich viele Gedanken. Clara sagte ihr, sie sollte auf ihr Herz hören. Leider verstand sie die Sprache des Herzens nicht eindeutig. Sie quälte sich weiterhin mit diesen Fragen.

Nichts ahnend, welche Geheimnisse ihre Tochter hatte, ließ sich Sandra von Claudia verwöhnen. Seit einigen Tagen verspürte Sandra keine Suchttriebe mehr. War es wegen Claudia? Überwiegte die Harmonie über die Sexsucht?

Claudia streichelte die endloslangen und schlanken Beine ihrer Freundin. Jede Stelle der Beine war für Claudia ein Genuss. Besonders die Knie fand Claudia sehr erotisch und streichelte sie sehr liebevoll und zärtlich. Sandra genoss es sehr, Claudias Zärtlichkeiten zu spüren.
Claudia begann Sandra am Hals zu küssen. Sie küsste sie bis zu ihrem Ohr und begann mit ihrer Zunge damit zu spielen. Dass Sandra bereits wuschelig wurde, war nicht zu übersehen. Je erregter Sandra wurde, umso mehr verspürte Claudia den Drang, ihre Freundin zu quälen. Das machte sie sehr heiß. Ein sehr langes Vorspiel, was Sandra nur schwer aushielt, ohne wahnsinnig zu werden. Claudia wusste genau, wie sie Sandra liebevoll foltern konnte.

Spontan und unerwartet beendete Sandra das Vergnügen und legte Claudia auf den Rücken, und sagte dabei: „Jetzt kommst du an die Reihe, meine Liebe. Entspann dich, schließ deine Augen und genieße es, mit all deinen Sinnen."

Claudia gehorchte und Sandra begann genauso, wie Claudia, ihre Vorspiele praktizierte.

Beginnend beim Knie streichelte Sandra, ihre Geliebte bis hin zu den Zehen und über die Oberschenkel. Den anderen Fuß küsste sie von den Zehen, ganz langsam über das Knie, über die Oberschenkel bis zum Schritt. Dann küsste sie wieder die Zehen. Claudia war schon sehr heiß, und kribbelig.

Für Sandra war es das erste Mal seit vielen Jahren, dass sie eine Liebespartnerin, mit vielen Streicheleinheiten verwöhnte. Jedes Stück des Körpers war für Sandra, plötzlich sinnlich und einzigartig. Die letzten Jahre hatte sie es als selbstverständlich wahrgenommen, ohne sich dessen bewusst zu sein, wie einzigartig der gesamte Körper des Partners, elektrisierend wirken kann. Unendlich lange, widmete sie sich Claudias Beinen und lernte erst jetzt, die pure Schönheit zu erfassen und zu spüren. Alles war sinnlich und erotisch.

Beim Intimbereich angekommen, streichelte sie lange Zeit den Übergang von den Oberschenkeln zu den Schamlippen. Immer mehr wurde ihr bewusst, wie schön alles sein kann und wie erotisch es auf sie selbst wirkte.

Auch die Körperstelle oberhalb der Vagina bis zum Nabel, fesselte Sandra und dabei saugte sie regelrecht die Sinnlichkeit auf.

Sie beobachtete, wie Claudia bei sämtlichen Berührungen reagierte und fand das sehr erotisch und erkannte, wie schön und wichtig es war, einfach alles einzubeziehen und es auch zu genießen. Das Verlangen, rasch zum eigentlichen Sex-Akt zu kommen, war verflogen. Mit jeder Berührung und mit jedem Streicheln, wurde sie selbst erregt und befriedigt, ohne dass jemand ihre Intimbereiche sexuell berührte.

Für Sandra war es der Beginn, eines neuen Sexual-Lebens, an dem sie sich erfreute. Den atemberaubenden Körper der Partnerin, mit allen Sinnen zu erfassen, zu verwöhnen und dabei selbst in eine Ektase zu kommen, bereicherte ihre Feinfühligkeit des Begehrens.

Erst Stunden später begann sie, Claudias Vagina zu massieren. Sowohl mit ihrer Hand, als auch mit ihrem Mund. Claudia war im Dauerrauch der Erregung.

Mit teils abwechselndem als auch mit gleichzeitigem Verwöhnen, wurde es immer turbulenter. Sie brachten sich zusammen in eine unbeschreibliche und einzigartige, Vulkanausbruchs-Stimmung, die kurz vor der Explosion stand. Mit einer Serie von Orgasmen, waren ihre Körper in eine hypnotisierende Trance gefallen. Das Lustgestöhne, war mittlerweile zu einem unübertroffenen Geschrei geworden. Irgendwie mussten sie ihre explosiven Erregungen loswerden. Bis zur absoluten Erschöpfung liebten sie sich, als gäbe es keinen Morgen.

Danach konnte keine von Beiden aufstehen. Ihr gegenseitiges Sexspiel glich einem extremen Hochleistungssport.

Erst Stunden später und nach einem langen und ausgiebigen Erholungsschlaf, waren sie in der Lage, ihre Zweisamkeit Revue passieren zu lassen.

Beide waren überwältigt wie tief und gefestigt, sie in diese Stimmung geraten waren.

Claudia schwärmte und öffnete ihr Herz: „Die letzten Stunden mit dir, waren einfach unbeschreiblich schön. Diese erlebten Gefühle, kann ich mit Worten nicht ausdrücken. Bisher, also wenn ich von einem Mann verführt wurde, und der Moment, indem der Mann mit seinem Penis in mich eindrang und mich gekonnt verführte, waren schon Befriedigungen der feinsten Art. Ich weiß, du kannst damit nichts anfangen, doch gehört es zu meinem Leben. Wenn ein gutaussehender Mann auf dir liegt und dich sexuell begehrt und dann zu seiner Erektion kommt und du die Wärme seines Samens in dir spürst, erlebst du den sehr bewegten und zufriedenen Höhepunkt. Diese erlebten Momente möchte ich nicht missen und befriedigten mich über all die Jahre. Jetzt, nach diesem letzten Erregungsmarathon, bin ich so sehr überwältigt und spüre meinen Körper ganz anders als bisher. Mir ist Bewusst, es liegt an dir. Sandra. Ich liebe dich so sehr, wie noch keinen Menschen vor dir. Du bist alles für mich. Für dich würde ich mein Leben lassen. Auch wenn es in dieser Phase des Glücks nicht richtig ist, eine wichtige Entscheidung zu treffen. So finde ich, ist genau jetzt der richtige Augenblick, dir eine wichtige Frage zu stellen: Sandra, möchtest du meine Ehefrau werden?"

Sandra weinte vor Rührung. Sie wartete einige Sekunden und sagte: „Ja, Claudia. Ja, ich möchte deine Ehefrau werden."

Sie umarmten sich vor Glück und Freude.

Nach dem ersten Freudentanz und dem Adrenalin-Schub, fragte Sandra: „War dein Antrag geplant?"

Claudia: „Nein. Dass ich dich heiraten möchte, war mir schon länger klar. Doch, geplant war es heute nicht. Ich hörte auf mein Herz. Ich bin so sehr verzaubert von dir, dass ich das Fragen musste."

Sandra war noch immer sehr berührt. Trotzdem sagte sie vorsichtig: „Ich bin wirklich total überwältigt, meine Liebe. Ohne deine Vorfreude zerstören zu wollen, möchte ich aber keine große Hochzeitsfeier, wie ich es aus Filmen kenne. Für mich ist die Trauung zweier liebender Menschen, ein sehr intimes und privates Fest. Ich weiß nicht, ob du mich verstehen kannst, aber ich wünsche es sehr harmonisch im kleinsten Kreis."

Claudia antwortete: „Wirklich? Ich träume schon von einer großen Feier mit all unseren Verwandten, Bekannten und Freunden."

Bevor Sandra antworten konnte, kam Julia heim. Als sie erfuhr, dass ihre Mutter und Claudia, heiraten wollten, freute sie sich sehr: „Eine lesbische Hochzeit, wie cool. Mama, ich freue mich sehr für dich und Claudia. Ihr werdet bezaubernd aussehen. Trägt ihr eigentlich beide weiße Brautkleider?"

Sandra und Claudia schauten sich an und sagten gemeinsam: „Natürlich. Zwei Frauen, zwei Bräute, ist doch klar."

Claudia fügte hinzu: „Nur das Thema mit den Gästen, wird noch diskutiert werden müssen. Deine Mama mag keine große Feier, aber ich."

Sandra: „Diese Hochzeit ist für uns und nicht für Gäste, denen man gefallen muss, die idiotenhafte Spiele vorbereiten und dann lästern, was alles nicht zu ihrer Zufriedenheit war. Es soll nur für uns sein. Wir lassen uns unsere Liebe besiegeln. Dazu brauchen wir keine Lästermäuler."

Claudia: „Oh doch, alle sollen sehen, wie glücklich wir sind und wie sehr wir uns lieben. Die ganze Welt soll es sehen."

Julia mischte sich ein: „Okay? Ihr habt jetzt ein Problem. Ich verstehe euch beide, wirklich. Ich sehe es so. Wenn ihr eure Liebe amtlich machen wollt, braucht ihr keine große Feier. Es ist euer Ding und dazu braucht ihr niemanden. Kurz und bündig und das sofort. Wollt ihr aber Hollywood-Stimmung, braucht ihr viele Gäste, eine Wedding-Planerin, die euch alles sagt, was ihr tun müsst. Die Vorbereitung dauert Monate. Also, ihr habt die Wahl zwischen, amtlich oder Hollywood."

Sandra lachte und Claudia antwortete: „Amtlich ohne Vorbereitungszeit."

Sandra umarmte ihre Claudia und sagte: „Du wirst auch ohne Hollywood, die schönste Braut der Welt sein."

Julia fragte: „Und wann ist die Verlobungsfeier?"

Sandra rief: „Jetzt. Die Feier ist eröffnet."

Bis in den späten Abend lachten und tanzten sie.

Als sie zu Bett gingen, fragte Sandra: „Bist du dir auch ganz sicher, dass du mit einer Frau verheiratet sein möchtest? Nie wieder einen Mann spüren zu können, sondern nurmehr mich? Ich kann keinen Mann ersetzen."

Claudia: „Wenn man dich als Ehepartnerin hat, braucht man keinen Mann. Sandra, du gibst mir alles, was ich möchte und brauche. Für die Männlichkeit gibt es mittlerweile genug Spielzeug. Ich möchte nur dich und bitte, mach dir keine Gedanken."

Sandra: „Naja, immerhin warst du noch vor kurzer Zeit, mit einem Mann…"

Claudia unterbrach Sandra. Sie hielt ihre Finger auf Sandras Lippen und sagte: „Nein, Sandra. Du bist meine wahre Liebe. Bevor du weitere unnötige Gedanken aussprichst, setze deine Lippen doch sinnvoller ein. Küss mich und verführe mich."

Sandra lächelte und küsste Claudia im Gesicht und auf den Mund. Da sie sowieso heiß auf einander waren, verwöhnten sie sich gegenseitig. Ihre Verlobungsfeier endete sexuell im Bett.

Julia bekam im Nebenzimmer nichts davon mit.

Am nächsten Morgen, als Julia zur Schule ging und Claudia ihre Boutique öffnete, ging Sandra zu Clara, um nach ihrem Wohlbefinden zu sehen.
Clara war sehr erfreut darüber. Sandra sah sich etwas um und sagte: „Schön, wie du dich eingelebt hast."

Clara lächelte und antwortete: „Durch deinen Duft, der noch immer in der Wohnung hängt, wurde ich inspiriert."

Sandra lachte: „Dann übersprühe doch meinen Duft."

Clara: „Niemals, Süße. Danke, für deine Wohnung. Wir haben noch nicht über das Finanzielle gesprochen. Soll ich dir sie abkaufen, oder eher mieten?"

Sandra: „Ist das so wichtig? Teste sie doch erstmal und erhole dich. Was möchtest du eigentlich tun? Als Prostituierte hörst du ja auf. Was schwebt dir vor, zu tun?"

Clara: „Ich dachte an Rechtsanwältin, die vorwiegend Prostituierte vertritt. Da würde ich mich auskennen und Beistand brauchen die Frauen doch immer."

Sandra: „Rechtsanwältin? Du?"

Clara: „Ja, Sandra, das habe ich mit dem Doktortitel an der Uni abgeschlossen. Die Jahre des Lernens für das Jus-Studium sollen nicht umsonst sein."

Sandra: „Wow, du hast Jus studiert? Respekt, das wusste ich nicht."

Clara lächelte: „Warum auch, Sandra. Deine Besuche waren immer im sexuellen, geschäftlichen Interesse. Und, für das war ich auch da."

Sandra: „Eigentlich traurig und auch beschämend, dass ich sehr wenig über die private Clara weiß. Wäre schön, wenn wir das ändern könnten, falls du es überhaupt möchtest?"

Clara: „Sehr gerne. Also, in sexueller Hinsicht, kennen wir uns mittlerweile, verdammt gut. Erweitern wir also unseren Horizont."

Sandra: „Du bist echt süß. Ich denke sogar, dass du mehr über mich weißt, als ich über dich."

Clara lachte: „Ja, das denke ich auch. Bei jedem deiner Besuche, lernte ich dich auch persönlich kennen. Ohne viele Worte, spürte ich wie du tickst. Du bist für mich immer schon ein offenes Buch gewesen."

Sandra lachte ebenfalls: „Oh Gott. War es wirklich so? Hey, eines weißt du mit Sicherheit noch nicht. Seit gestern bin ich offiziell mit Claudia verlobt. Wir werden heiraten."

Clara freute sich, obwohl sie innerlich einen Stich ins Herz bekam: „Wer hätte sich das je gedacht. Sandra, die Freiheitsliebende, wird heiraten. Ich gratuliere, Süße. Wann darf ich deine zukünftige Frau kennenlernen?"

Sandra: „Wie wäre es heute? Komm doch einfach in die Boutique. Wir wohnen oberhalb in der Wohnung."

Clara war am besten Weg zur Genesung. Ihre Wunden werden verheilen. Sie hatte den Anschlag, ohne bleibende Schäden überstanden. Sandra hatte weiterhin ein schlechtes Gewissen. Die Verletzungen an Clara, waren ihretwegen. Darüber sprachen sie den ganzen Vormittag und rätselten, wer so feige war, Clara zu vergewaltigen und zu misshandeln, nur weil sie Sandra als Prostituierte verwöhnte und befriedigte. Beide kamen zu dem Entschluss, es muss jemand gewesen sein, der eifersüchtig war. Vergewaltigt wurde sie definitiv von einem Mann, obwohl es 2 Personen waren. Für Sandra war es klar. Es konnte nur ihr Ex-Freund Karl gewesen sein. Immerhin wurde auch sie im Teenageralter von ihm vergewaltigt.

Zur Mittagszeit beschloss Sandra spontan, Clara zu Claudia mitzunehmen, damit sich die beiden Frauen, endlich einmal kennenlernen konnten.

Nach dem gegenseitigen Bekanntmachen, verhielt sich Claudia etwas eingeschüchtert und sagte: „Irgendwie ist es eigenartig. Jetzt stehe ich vor der Frau, die meiner zukünftigen Ehefrau, sexuell das gab, was sonst niemand schaffte. Sie sprach in den höchsten Tönen von dir."

Clara machte sich selbst unwichtiger: „Es war trotzdem nur geschäftlicher Sex. Die Liebe in eurer Beziehung, ist das was zählt und über jeder sexuellen bezahlten Dienstleistung steht. Sehe mich als ehemalige Dienstleisterin von Sandra an und nicht als Ex-Partnerin, denn das waren wir nie, okay?"

Sandra: „Und, nicht zu vergessen, die heutige Freundschaft."

Claudia: „Darf man als Prostituierte, mit einer Freierin oder Kundin, befreundet sein?"

Clara antwortete: „Ja, natürlich. Es liegt nicht am Job, sondern an den Menschen."

Claudia: „Obwohl sie für deine Dienstleistung bezahlt hatte?"

Clara lächelte: „Ja, trotzdem. Wenn du aus deiner Boutique, erstklassige Nylonstrümpfe einer Freundin verkaufst, darfst du trotzdem mit ihr befreundet sein, oder?"

Claudia antwortete nach einigen Sekunden: „Das stimmt, so habe ich es nicht gesehen. Verzeih bitte meine unqualifizierten Ansichten und Bemerkungen. Ich wollte dich nicht schlecht machen."

Clara: „Schon gut. Ich kann dich verstehen. Immerhin, bin ich die Prostituierte, die deine Frau besuchte. Ich kann deine Gefühle wirklich nachvollziehen."

Die Atmosphäre wurde vertrauter und entspannter. Clara und Claudia sahen sich nicht als Konkurrenten.
Sandra sagte: „Schön, dass ich euch habe. Clara, brauchst du nicht, neue Outfits für deinen Neustart? Dürfen Claudia und ich dich einkleiden und beraten?"

Clara antwortete: „Ja, sehr gerne. Was würdet ihr mir empfehlen?"

Claudia und Sandra suchten die verschiedensten Klamotten für Clara zusammen. Clara fühlte sich wie Julia Roberts in Pretty Woman. Sie sprang von einem Outfit in das Nächste.

Die Zeit verflog wie im Flug. Nun war es schon so spät, dass auch Julia heimkam. Als sie Clara vorgestellt wurde, reagierte Clara mit den Worten: „Hallo Julia, deine Mama hat schon viel von dir erzählt. Du bist ja noch hübscher, als deine Mama mir beschrieben hatte."

Julia war froh, wie Clara reagierte. Sie wollte die Treffen mit ihr, weiterhin geheim halten.

Das weitere Geschehen, beobachte Julia von der Theke aus. Clara, zog sich noch weitere Outfits an, bis sie für sich genug zusammen hatte. Sie beglich ihre Rechnung und war dankbar für die tolle Beratung. Sandra bat ihre Hilfe beim Tragen der Einkaufstaschen an, und begleitete Clara in die Wohnung, die nur wenige Gehminuten entfernt war.

Unterwegs fragte Sandra: „Was sagst du zu meiner Verlobten?"

Clara: „Sie ist eine wunderschöne Frau. Am Anfang war die Begegnung sehr holprig. Ihre Schönheit und ihr liebevolles Wesen passt zu dir. Ein echtes Traumpaar, ihr zwei. Jedoch habe ich das Gefühl, sie schon irgendwo gesehen zu haben."

Sandra reagierte überrascht: „Kennst du sie, als Kundin von dir?"

Clara: „Nein. Ihre fantastischen Augen, habe ich schon irgendwo gesehen. Aber, egal. Süße, du hast eine tolle Frau an deiner Seite."

Sandra: „Ja, sie ist ein wahrer Schatz und ihre Schönheit fesselt mich immer wieder neu."

Vor der Wohnung stand Petra. Die Kriminalbeamtin wusste nicht, dass Sandra zu Claudia gezogen war und sie ihre Wohnung an Clara übergeben hatte. Für Petra sah die Situation ganz anders aus.
Sie sagte: „Clara, seit wann machst du Hausbesuche?"

Clara reagierte gelassen: „Es ist meine Wohnung. Sandra wohnt bei Claudia."

Petra: „Aha, Weiß Claudia wo du gerade bist?"

Sandra: „Natürlich weiß meine Verlobte wo ich bin. Wolltest du mich besuchen?"

Petra: „Ja, eigentlich wollte ich mit dir sprechen. Aber, ich möchte eure Zeit nicht rauben. Jede Minute ist kostbar, ich weiß das von früher. Viel Spaß euch beiden."

Sandra: „Jetzt bleib doch stehen, Petra. Es ist nicht so, wie es scheint. Komm, ich habe Zeit."

Petra: „Nein, ist schon gut. Ich wusste nicht, dass du neben Claudia, eine Prostituierte besuchst. Sorry, für mein unangemeldetes Erscheinen."

Sandra: „Jetzt hör auf damit. Ich sagte dir bereits, dass es nicht so ist, wie es dir scheinen mag. Ich half Clara beim Tragen der Einkaufstaschen, wie du ja selbst sehen kannst. Also, was möchtest du mit mir besprechen?"

Petra: „Schon gut. Ein anderes Mal. Lass dir deine teure Stunde nicht vermiesen. Ich warte bis du fertig gefickt hast. Ich komme etwa in einer Stunde wieder, passt das? Oder, erst in 2 Stunden?"

Sandra wurde sauer: „Wenn du so einen Schwachsinn redest, brauchst du gar nicht mehr kommen. Hau einfach ab."

Sandra ging mit Clara in die Wohnung und ihr Zorn stieg: „Was bildet die sich eigentlich ein? Spinnt sie komplett?"

Clara: „Sie ist eifersüchtig, Süße. Beruhige dich."

Sandra: „Glaubt sie, ich übergebe dir meine Wohnung, damit wir ficken können? Sie sieht in mir eine versaute Schlampe, das nervt. Wenn du deinen Job noch hättest, wäre ich jetzt bei dir geblieben. Sorry, Clara. Ich muss heim."

Sandra ging in schnellen Schritten zur Boutique zurück. Sie ging hinein und sagte: „Julia, kannst du bitte die Boutique übernehmen? Danke. Claudia, frag nicht, komm einfach."

Sie nahm Claudia an der Hand und ging mit ihr in die Wohnung. Sie schloss die Tür und sagte: „Ich brauche dich jetzt, sei meine wilde Partnerin und bestrafe mich, jetzt."

Claudia hatte es ihr angeboten, alle Frauen, für sie zu sein. Sandra, ging es zu langsam und zerriss ihr eigenes Kleid. Claudia war schockiert, aber sie wusste, was zu tun war. Ohne irgendwelche Vorspiele, begann Claudia mit ihrem Finger in Sandras Vagina einzudringen. Sandra nahm Claudias Hand, um sie wilder und härter zu führen. Sie sagte dabei: „Besorg es mir härter, komm schon."

Aus Liebe zu Sandra, spielte sie ihre Prostituierte und machte alles, was Sandra wollte. Innerlich wusste sie, Sandra hatte einen Anfall und sie musste sich selbst mit einem extremen Sex bestrafen. Das brauchte Sandra jetzt unbedingt. Ihre Sucht war zurück. Claudia tat alles, um die Sucht ihrer Verlobten zu stillen.
Sandra in dieser Phase zu befriedigen, war Schwerstarbeit. An der Scheide war sie mit einer Hand und mit dem Mund beschäftigt. Mit der anderen Hand an und in ihrem Po. Jede

Bewegung zur Stimulation musste im raschen Tempo vor sich gehen. Sandra, musste die Schmerzen an all ihren Intimbereichen spüren, damit diese Sucht gestillt werden konnte.

Claudia kannte es bisher nur aus Sandras Erzählung. Nun, musste sie Sandra so bearbeiten, damit sie in einem Dauerorgasmus kam und auch noch Schmerzen spürte. Für die sensible und zärtliche Claudia, war es eine Herausforderung, ihre Verlobte so wild anzufassen. Je mehr Sandra vor Erregung schrie, umso mehr Tränen flossen über ihr Gesicht. Claudia hielt durch und sie gab Sandra alles was sie benötigte, aber weinte mit ihrer Verlobten mit.

Erst nach fast 2 Stunden beendete Sandra das Martyrium. Sie zog ihre Beine fest an die Brust und weinte. Claudia umarmte sie liebevoll ohne Worte, aber ebenfalls mit Tränen in den Augen.

Zur selben Zeit, während Sandra bei Claudia war, sprach Petra mit Clara in deren Wohnung.

Clara war enttäuscht: „Was sollte das? Du hast Sandra Unrecht getan."

Petra: „Ich dachte, ihr beide…, du weißt schon. Ja, ich war, nein, ich bin eifersüchtig. Ich liebe Sandra."

Clara: „Ich weiß, aber so verlierst du sie noch mehr. Warum sitzt du jetzt bei mir? Du wolltest doch zu Sandra?"

Petra: „Ich wollte sie für mich gewinnen, und wollte um eine zweite Chance bitten. Das hat sich jetzt erledigt. Sie ist mit dieser Claudia verlobt, großartig. Ich habe es verbockt."

Clara: „Scheint so, ja. Claudia passt aber sehr gut zu Sandra. Sie lieben sich wirklich sehr."

Petra: „Ich vertraue, dieser Claudia nicht. Irgendetwas stimmt nicht bei ihr. Findest du sie nicht auch merkwürdig?"

Clara: „Nein, ganz im Gegenteil. Sie ist eine sehr nette und liebenswürdige, und wunderschöne Frau. Ich kenne sie von irgendwo. Es sind ihre Augen, die ich schon einmal gesehen habe. Aber keine Ahnung, wo und wann?"

Petra suchte regelrecht nach etwas Schlechtem, bei Claudia, aber fand nichts. Clara verteidigte sie weiterhin. Ihr war sie sympathisch und immerhin ist sie die auserwählte Verlobte von Sandra. Das ist zu respektieren und auch zu akzeptieren.

Petra blieb bis in die Abendstunden bei Clara. Als Petra sie konkret fragte: „Darf ich dich für eine Stunde buchen?"

Antwortete Clara: „Es tut mir sehr leid, Petra. Ich arbeite nicht mehr als Prostituierte."

Petra war überrascht: „Wirklich? Schade, ich hätte jetzt einen guten Sex nötig, egal was es kostet."

Clara: „Wie gesagt, sorry. Gerne, kann ich dir eine sehr gute, ehemalige Kollegin empfehlen."

Petra: „Nein, danke. Wenn schon, dann nur mit dir. Und, der alten Zeit willen? Für eine gute alte Kundin?"

Clara: „Nein, Petra. Bitte lass das. Ich arbeite nicht mehr als Prostituierte. Abgesehen davon, schmerzt mein Körper noch von den Verletzungen. Ich kann nicht, bitte respektiere es."

Nach einiger Zeit, verabschiedete sie sich.

Etwa eine Stunde später, klopfte Julia an Claras Tür. Clara freute sich und sie quatschten in der Wohnung. Julia war dankbar, für die Reaktion in der Boutique. Hierfür, hatte Clara Verständnis, obwohl sie es als besser angesehen hätte, Sandra wüsste Bescheid.

Zur späteren Stunde, äußerte Julia ihr Vorhaben: „Clara, auch wenn es für dich sehr merkwürdig ist, aber ich möchte mein Geld als Prostituierte verdienen. Würdest du mich unterstützen?"

Clara war schockiert: „Hey, langsam, Julia. Du bist 14 Jahre jung und nach deiner Information, noch Jungfrau. Entdecke dein Liebesleben mit den Jungs oder Mädchen, die du magst. Wie kommst du überhaupt auf so eine Idee?"

Julia: „Dabei würde ich entjungfert werden und noch mein eigenes Geld verdienen. Das wäre doch cool und den Kick hätte ich auch dabei."

Clara: „Den Kick? Wie cool ist es, von einem schmierigen und stinkenden übergewichtigen Mann, entjungfert zu werden? Julia, dein erstes Mal, sollte etwas Schönes sein, glaube mir. Warum drängst du dich, zum schnellen Sex?"

Julia: „Ich bin schon sehr ungeduldig darauf. Ich möchte es endlich tun. Mein Körper schreit danach."

Clara gab sich verständnisvoll: „Mit einem Jungen, oder einem Mädchen?"

Julia: „Egal, Hauptsache, ich habe endlich Sex. Ich sterbe, wenn es nicht gleich passiert. Ich kann mich nicht mehr zügeln. Meine Fantasien gehen mit mir durch."

Clara: „Okay, Julia. Ich versuche dich zu verstehen. Um nichts zu überstürzen, was du später bereust, gehe bitte mit mir in das Lokal, unten an der Straße. Ich brauche dringend einen Drink. Leider habe ich nichts daheim."

Julia war einverstanden und sie gingen in das Nacht Café. Das Publikum war sehr gemischt und die Musik angenehm. Sie bestellten sich jeweils einen Drink und dann fragte Clara: „Okay, Julia. Wenn du jetzt so in die Runde siehst, mit welchen Personen, würdest du jetzt Sex hab wollen?"

Julia schaute sich um und antwortete: „Mit dem Großen in der schwarzen Jacke, …mit der Blondhaarigen im Minirock, …mit dem Schwarzhaarigen im blauen Shirt, …ach, mit den beiden Frauen, da hinten, die sind beide voll süß."

Clara unterbrach sie: „Wow, okay. Jetzt ist es aber so, dass niemand von denen du ausgewählt hast, mit dir schlafen will, weil sie alle treu sein wollen. Derjenige der dich haben möchte, ist zum Beispiel, der Dicke an der Theke und auch die kurzhaarige dicke Frau neben ihm. Als Prostituierte kannst du dir deine Freier nicht aussuchen. Sie kaufen dich für eine gewisse Zeit, in der du deinen Körper für alles Mögliche hergibst. Sie dürfen, fast alles mit dir machen, was sie wollen. Passt das für dich?"

Julia: „Nein, auf gar keinen Fall, würde ich mit diesem dicken und alten Mann mitgehen."

Clara: „Aber es ist dein Job, es zu machen. Dafür bekommst du dein Geld."

Julia: „Das kann ich nicht. Ich wäre eine schlechte Prostituierte, oder?"

Clara lächelte sie liebevoll an und sagte: „Nein, gar keine, meine Liebe. Nimm einen deiner Freunde oder Freundinnen und genieß das Sexleben, so wie du es möchtest, okay?"

Julia: „Ich habe deine Lektion verstanden, Clara. Okay, wäre es sehr unverschämt, dich zu fragen, ob du mich entjungfern würdest? Bitte, Clara, ich sterbe. Ich flehe dich an."

Clara: „Oh, Süße, das geht überhaupt nicht."

Julia: „Wäre es dir lieber, der Dicke würde es machen?"

Clara: „Nein, natürlich nicht. Was ist mit deiner Freundin Anne?"

Julia: „Ach, sie möchte nur küssen und Petting."

Clara: „Hab doch Geduld, gib dir Zeit und mach dir keinen Druck."

Julia legte ihren Kopf mit der Stirn auf den Tisch und sagte: „Ich sterbe als Jungfrau."

Clara: „So ein Schwachsinn. Komm, Julia, gehen wir heim, okay?"

Beim Heimweg umarmte Clara die junge Julia. Engumschlungen gingen sie zu Claras Wohnung. Clara versuchte mit Alptraum-Geschichten, die Prostitution, Julia endgültig auszureden. Immer mehr wurde Julia bewusst, nein, das wollte sie niemals an ihr zulassen.
Schließlich ging dann Julia zu ihrer Freundin Anne, um die Nacht bei ihr zu verbringen. Ihre Mutter Sandra, war darüber informiert.

Claudia hatte endlich die Gelegenheit, mit Sandra zu sprechen.

Sie fragte: „Was war der Auslöser für den letzten Sucht-Anfall? Du bist doch mit Clara mit gegangen. Was war geschehen?"

Sandra: „Ich ging mit Clara zur Wohnung, Da stand Petra, die Polizistin und sie provozierte mich. Ich bekam Schuldgefühle, warum auch immer. Ich fühlte mich eingeengt. Am schnellsten Weg ging ich zu dir, da du mir das angeboten hattest. War es falsch, dich zu gebrauchen?"

Claudia: „Nein, nein, es war absolut richtig. Dafür bin ich da. Hey, ich bin deine Verlobte, okay? Ich war darauf nicht vorbereitet. Ich hoffe, ich konnte dir so halbwegs das geben…"

Sandra unterbrach sie mit einem Kuss auf den Mund. Dann sagte sie: „Ich liebe dich, Claudia. Sorry, für das, was ich dir eventuell, während des Anfalls angetan hatte."

Claudia: „Alles gut, wirklich. Jedoch glaubte ich, dass nur du, also an dir, der extrem harte Sex sein musste. Dass du mich auch, sehr hart herangenommen hast, war mir fremd und ich war nicht darauf vorbereitet. Es glich einer Vergewaltigung. Aber, bevor du dich wieder entschuldigst. Mit dir hat es mir wirklich gefallen. Es ist wie ich es vermutet hatte, du kannst alles mit mir machen, also im sexuellen Bereich, solange du mich nicht schlägst, was du auch nicht getan hast. Ich vertraue dir und wenn du meinen Körper brauchst, dann nimm ihn dir, okay? Haben wir das jetzt geklärt und besprochen?"

Sandra lächelte: „Ja, meine zukünftige Frau."

Zur selben Zeit, als Julia zu Clara ging und auch Claudia mit Sandra sprach:

Für Petra war klar, den Anschlag auf Clara, konnte nur Karl Krause gemacht haben. Jedoch hatte er ein Alibi und dieses wollte sie überprüfen und traf sich deshalb mit einem Kollegen, der ebenfalls zur Tatzeit beim selben Unfall war, wie Karl.

Petra: „Danke, Franz, für dein Kommen. Du bist mein Gast, was möchtest du?"

Beide bestellten sich Getränke und Petra fragte: „Du warst doch mit Karl bei diesem Unfall. Verhielt er sich dir gegenüber seltsam?"

Franz: „Nein, wie immer, du kennst ihn doch."

Petra: „War er auch die ganze Zeit über, beim Unfall? Oder, war er auch mal abwesend?"

Franz: „Hey, Petra. Ich schwärze niemanden an, und schon gar nicht einen Kollegen."

Petra lehnte sich zurück, blickte ihm tief in die Augen und fragte: „Was würde mich deine wahrheitstreue Antwort kosten?"

Franz war gekränkt: „Ich bin nicht käuflich. Ich habe genug Geld, keine Chance."

Petra rückte ganz nah zu Franz. Sie legte ihre Hand auf seinen Oberschenkel und beugte sich mit ihrem Mund zu seinem Ohr. Als Petra sprach, spürte er ihren Atem: „Ich frage dich nochmals, was würde mich das kosten?"

Währenddessen glitt sie mit ihrer Hand, an seinen Hosenschlitz und massierte seinen Penis, durch die Hose. Franz stotterte: „Ich weiß nicht, was würdest du mir bieten?"

Petra: „Nach deiner Erregung nach zu urteilen, darfst du in mich eindringen, wo auch immer du magst."

Franz: „Das tue ich nicht."

Petra nahm seine Hand und zusammen gingen sie zu ihrem Auto. Neben der Fahrertür, kniete sie sich vor Franz, öffnete seine Hose und spielte an seinem Penis. Bevor sie ihn, in den Mund nahm, fragte sie: „Wo war Karl, während dem Unfall?"

Noch bevor er antworten konnte, lutschte sie an seinem Penis. Er stöhnte: „Er war beim Unfall."

Petra unterbrach: „Die ganze Zeit?"

Da sie seinen Penis weiterhin mit der Hand massierte, fiel ihm das reden schwer: „Ja, ich glaube schon."

Petra stand auf, zog ihre Hose aus, und setzte sich mit gespreizten Beinen auf die Motorhaube und sagte zu Franz: „Komm schon, auf was wartest du?"
Da Franz sehr zögerlich war, griff sie nach seinem Penis, und zog ihn zu sich. Sie sagte: „Auf was wartest du? Komm, fick mich."

Petra half etwas mit und Franz drang mit seiner erregten Männlichkeit in Petra ein.
Petra fragte weiter: „War Karl auch mal abwesend?"

Franz war zu beschäftigt und gab keine Antwort. Daraufhin, zog Petra seinen Penis aus ihrer Vagina und hielt ihn mit festem Griff in der Hand. Sie fragte: „Ich konnte dich nicht verstehen, sorry, also?"

Franz: „Nein, er musste anscheinend was erledigen."

Petra schob seinen Penis wieder in ihre Vagina, damit er weitermachen konnte. Trotzdem fragte sie weiter: „Wohin?"

Franz: „Keine Ahnung. Es war nicht dienstlich. Privater Notfall sagte er. Es waren auch nur knappe 10 Minuten. Es fiel gar nicht auf."

Petra gönnte Franz noch seinen Orgasmus und bedankte sich: „Danke für das feuchte Gespräch, Herr Kollege. Achja, falls du mich angelogen hast, ich habe dein Sperma in mir. Jetzt ist die Frage, war es eine Vergewaltigung, oder doch nicht? Es liegt an deiner Aussage."

Franz: „Du bist einfach nur krank und erbärmlich, wirklich."

Das war es ihr wert, mit ihm sexuell zu verkehren. Jetzt hatte sie wieder ein Indiz das sie verfolgen konnte.

Anschließend musste sie bei Claras, jetzigem Wohnbau vorbei und sah, wie sie mit Julia, engumschlungen zu ihrer Wohnung ging.
Sie fragte sich: „Angelt sie sich jetzt Sandras Tochter? Einmal Hure, immer Hure? Ob Sandra weiß, was ihre Tochter so treibt? Und das noch mit der gleichen Hure, mit der sie selbst, gevögelt hatte? Was ist das für eine kranke Welt?"

Beim morgendlichen Frühstück fragte Claudia, ihre Verlobte: „Wo wirst du dein Brautkleid besorgen?"

Sandra: „Was schlägst du vor? Gehen wir einfach gemeinsam in ein Brautgeschäft und beraten uns gegenseitig."

Claudia: „Nein, meine Liebe. Du darfst meines erst bei der Trauung sehen und ich deines natürlich nicht vorher."

Sandra: „Wer geht dann mit mir?"

Claudia: „Frag Julia, oder Clara. Ich gehe nicht mit dir."

Nach dem Frühstück, ging Sandra zu Clara und holte sie spontan ab. Da Julia in der Schule war, musste Clara mit ihr, ein Brautkleid aussuchen.

Bereits in der Einkaufsstraße hatten Sandra und Clara einen riesigen Spaß. Sie blödelten herum, so dass die Passanten, nicht nur durch ihre Schönheit, auf sie aufmerksam wurden. Es erweckte den Eindruck, dass sie ein Paar waren.

Im Brautgeschäft angekommen, gustierten sie die Brautkleider, die eventuell in Frage kommen könnten. Clara tendierte für Sandra, zu einem eher kurzen Kleid, dass sehr sexy wirken sollte.

Sandra, wünschte sich aber ein langes, traditionelles Brautkleid. Ihr blieb nichts anderes übrig, als alle Modelle zu probieren. Clara half ihr beim Umziehen.

Dabei fiel ihr etwas auf und sagte: „Hey Süße, obwohl ich dich nicht anders kenne, aber wäre es nicht besser gewesen, gerade beim Anprobieren, einen Slip zu tragen?"

Sandra sagte: „In der Eile vergaß ich darauf, da ich nur selten einen anhabe. Aber ja, hier fühle ich mich etwas unwohl."

Clara griff unter ihr Kleid und zog ihren Slip aus und gab diesen ihrer Freundin. Sandra lächelte und bedankte sich mit einem Kuss auf die Wange. Dabei drehte sich Clara um und sie erwischte beim Kuss ihre Lippen. Nase an Nase standen sie in der Kabine, mit dem Slip in der Hand. Um es nicht eskalieren zu lassen, nahm Clara den Slip, kniete sich zu Boden und half Sandra beim Anziehen.

Dabei gab sie ihr einen Kuss auf den Bauch und sagte: „Jetzt passt es, Süße."

Als Clara wieder aufstand, zog Sandra sie zu sich und sagte: „Ich weiß, dass wir das nicht mehr dürfen. Von dir verführt zu werden, war immer das Beste in meinem Leben. Unsere gemeinsamen Stunden, dürfen wir beide niemals vergessen, okay? Ich werde dich immer lieben."

Clara lächelte sie liebevoll an, öffnete die Kabinentür und sagte: „Lass dich ansehen, Prinzessin."

Sandra zupfte das Kleid zu Recht, ging aus der Kabine und drehte sich am Stand. Das lange Brautkleid entfachte dabei ihre Schönheit.
Obwohl es Sandra sehr gefiel, äußerte Clara ihre Bedenken: „Etwas kürzer, wäre schöner. Findest du nicht?"

Sandra: „Meinst du? Ich hatte es mir so vorgestellt. Gut, ich probiere noch ein kürzeres Kleid. Bringst du mir eines?"

Sandra ging in die Kabine, zog das lange Kleid aus und wartete. Clara öffnete nur ein Stück die Kabinentür und hielt ihr ein Kleid hinein. Sandra nahm ihre Hand und zog sie in die Kabine und sagte dabei: „Ich möchte dich bei mir haben. Nun, lass doch mal schauen, was du mir empfiehlst."

Sandra zog es an und Clara lächelte sie an. Ihre Liebe zu unterdrücken fiel ihr sehr schwer. Am liebsten hätte Clara, ihre Freundin vernascht.

Sie begutachteten gemeinsam vor dem Spiegel das Brautkleid. Es war weiß, mit viel Spitze und tiefen Dekolleté und endete bei den Knien.

Clara war begeistert. Sie holte noch weiße halterlose Nylonstrümpfe, und weiße High-Heels.

Als Sandra fertig justiert war, umarmte sie Clara und sagte lächelnd: „Wunderschön, danke Clara. So werde ich heiraten, aber nur in Kombination mit deinem Slip."

Clara antwortete ebenfalls lächelnd: „Du spinnst, das darfst du nicht. Denk an Claudia."

Ihre Entscheidung, dieses Brautkleid zu nehmen, war fixiert. Sie zog wieder ihr Minikleid an und ging aus der Kabine.
Clara sah sie fragend an, und sagte: „Hast du nicht etwas vergessen?"

Sandra lächelte und sagte: „Nein?"

Beide gingen zur Kassa und Sandra bezahlte ihr ausgewähltes Outfit für ihre Hochzeit.

Anschließend gingen sie gemeinsam zu Claras Wohnung. Sie gönnten sich einen Drink und Clara fragte nochmals: „Ich glaube, du hast noch etwas vergessen?"

Sandra wusste, was sie meinte, aber lachte nur. Clara sagte: „Hey, du kannst meinen Slip nicht zu deiner Hochzeit mit Claudia anziehen. Das tut man nicht."

Sandra: „Ich schon. Das weißt nur du und ich. Für mich ist es sehr wichtig, einen Teil von dir zu spüren, wenn ich diesen Schritt mache. Ich werde Claudia aus Liebe heiraten. Für diesen neuen Abschnitt in meinem Leben, brauche ich aber ein besonderes Accessoire von dir. Darf ich deinen Slip behalten und diesen zu meiner Hochzeit tragen?"

Clara war zögerlich, aber sagte dann: „Gut. Dann zieh ihn jetzt aus und wir legen den Slip zum Brautkleid dazu. Du musst dich ja sowieso am Tag der Hochzeit bei mir fertig machen."

Sandra bedankte sich mit einer Umarmung und sagte: „Denk nicht daran, ihn auszutauschen oder gar zu entfernen. Er bleibt beim Brautkleid, versprochen?"

Petras Ermittlungen gegen Karl Krause waren voll im Gange. Es zu beweisen, dass er beim Unfall verschwunden war, um die Tat an Clara zu verüben, war sehr schwer. Die angebliche Zeit, die Franz ihr während dem Sex genannt hatte, reichte niemals, für diesen Anschlag. War er es doch nicht?

Durch Zufall entdeckte sie etwas anderes, auf das ihre Aufmerksamkeit gelenkt wurde. Mit diesen Beweisen und Informationen, fuhr sie zu Sandra in die Boutique.

Petra konfrontierte Sandra: „Deine Clara, dürfte nicht ganz die Wahrheit sagen. Wusstest du, dass sie seit über einem Jahr keine Freier mehr hatte? Ihre angebliche Dienstwohnung nutzte sie fast ausschließlich privat. Das wurde durch die Nachbaren bestätigt. Ich persönlich, war ebenfalls vor einem Jahr bei ihr. Deine Besuche scheinen nicht in der Buchhaltung auf. Laut ihrer Buchführung ist sie pleite. Es verdichtet sich der Verdacht, zur Steuerhinterziehung. Der Anschlag kam ihr nicht gerade ungelegen."

Sandra war empört: „Was redest du für einen Schwachsinn. Was bezweckst du mit diesen Aussagen? Clara ist eine ehrliche Person. Glaubst du, sie hatte sich die Verletzungen selbst angetan und den Anschlag vorgetäuscht? Du tickst echt nicht mehr richtig."

Petra: „Was macht dich so sicher, dass es nicht so sein könnte? Sie vögelt übrigens nicht nur mit dir. Sie ist nach wie vor, sexuell aktiv. So viel zu der Geschichte, sie arbeitet nicht mehr als Prostituierte."

Sandra: „Warum erzählst du mir das alles und was sagt Clara dazu? Oder hast du ihre Version, noch gar nicht gehört?"

Petra: „Ich wollte, dass du über Clara informiert bist. Sie spielt ein falsches Spiel mit dir, im Gegensatz zu mir, Sandra."

Sandra: „Das war jetzt klar. Du bist krank vor Eifersucht. Ich gebe dir einen Rat, bevor du Clara unrecht tust, rede zuerst mit ihr, damit sie sich verteidigen kann. Ich werde niemals über Clara schlecht denken und schon gar nicht, schlecht reden."

Petra: „Anscheinend hat sie dich weich gefickt, oder blind gevögelt. Frag einmal deine Tochter wo sie vorletzte Nacht war?"

Sandra: „Was hat meine Tochter damit zu tun? Du bist einfach nur peinlich, mit deiner kranken Eifersucht:"

Petra: „Wenn du es sagst? Okay. Frag sie trotzdem einmal. Man sieht sich."

Sandra war schockiert und zornig über Petras Auftritt. Claudia sah, wie Petra verärgert ging und sprach Sandra im Lager der Boutique darauf an: „Was war denn los zwischen euch? Ich hörte euch bis in das Geschäft laut diskutieren?"

Sandra: „Ach, die spinnt doch. Sie redet ein wirres Zeug über Clara, um sie schlecht zu machen. Und ich sollte Julia fragen, wo sie vorletzte Nacht war. Sie war bei ihrer Freundin Anne. Also, was soll das Ganze?"

Claudia: „Was für wirres Zeug?"

Sandra: „Egal, Claudia. Petra ist krankhaft eifersüchtig und beschuldigt alles und jeden."

In diesem Moment kam Petra hinzu und sagte: „Okay, Sandra. Da du mir nicht glaubst, komm mit, wir gehen gemeinsam zu Clara."

Sandra begleitete sie unfreiwillig.

In Claras Wohnung stellte Petra die ehemalige Prostituierte zur Rede. Clara war überrascht, aber einsichtig: „Ja, es stimmt. Ich hatte seit über einem Jahr keine beruflichen Besuche mehr. Nur Sandra, gewährte ich weiterhin den Eintritt."

Sandra fragte nach: „Aber, warum, Clara? Was war geschehen?"

Clara: „Ich verliebte mich in dich, Sandra. Ich konnte keiner anderen Frau mehr, meinen Körper zur Verfügung stellen. Dir verschwieg ich es, damit du weiterhin zu mir kommen konntest. Deine Besuche waren mir wichtiger als das Geld."

Sandra war tief gerührt und doch sehr besorgt: „Warum hast du nicht mit mir darüber gesprochen?"

Clara: „Wie hätte ich dir das sagen sollen? Eine Prostituierte verliebt sich in ihre Freierin und beendet fortan den Job? Viel peinlicher geht es nicht mehr. Ich wollte dich nicht verlieren. Sogar über deine Sucht-Besuche, freute ich mich."

Sandra: „Jetzt komme ich mir schäbig vor. Ich erkannte das nicht. Petra äußerte, du seist pleite? Kann und darf ich dich unterstützen?"

Clara: „Ich bin nicht pleite, keine Sorge. Petra, wie kommst du darauf?"

Petra: „Das sagt deine Buchhaltung."

Clara: „Dann schau genau. Meine Einnahmen decken sich mit den Ausgaben. Mein Verdienst liegt bei null, das heißt nicht pleite."

Petra: „Und die Einnahmen durch Sandra?"

Clara: „Wie schon gesagt, die Einnahmen deckten die Ausgaben. Steht alles in der Buchführung."

Petra war beschämt, aber einen Trumpf hatte sie noch: „Erzähl von deiner Begleitung, vorletzte Nacht? Diese dürfte Sandra keine Unbekannte sein, oder?"

Clara: „Deine Gedanken, sind wirklich sehr fragwürdig, bei allem Respekt Petra. Sandra, vorletzte Nacht begegnete ich deiner Tochter, die bei Anne, im selben Wohnbau war. Da Petra anscheinend mehr weiß, als ich, wird sie deine Fragen beantworten."

Sandra sagte zu Petra: „Ein schlauer Mensch, erkennt wenn er sich blamiert und falsche oder verdrehte Aussagen von sich gibt. Wie siehst du es jetzt?"

Petra ging ohne ein weiteres Wort.

Sandra umarmte Clara und sagte: „Wie blöd war ich, es nicht zu erkennen, was in dir vorging."

Clara: „Hey, ich war deine Prostituierte."

Sandra: „Lass mich an deinem Leben teilhaben, okay? Ich werde immer für dich da sein. Unsere Freundschaft kann niemand zerstören."

Clara: „Danke Sandra. Ich bin auch für dich immer da, denk immer daran."

Sandra: „Das spüre ich auch ohne Worte, Clara. Petra unterstellte dir, du hättest dich selbst verletzt und den Anschlag nur vorgespielt."

Clara sah tief in Sandras Augen und sagte: „Denkst du das auch?"

Sandra: „Nein. Ich wollte dich nur darüber informieren, was sie denkt."

In diesem Moment, bekam Sandra eine Nachricht von Petra. Sie nahm ihr Handy und sah ein Foto, wo Clara engumschlungen mit Julia zu sehen war. Mit dem Text: Nur zufällige Begegnung? Oder doch mehr?

Sie zeigte es wortlos Clara.

Clara schüttelte den Kopf und sagte: „Das, sollte dir Julia erklären. Ich gab ihr mein Versprechen, zu schweigen."

Sandra stand verwirrt vor Clara und sagte dann: „Okay, das werde ich tun. Ich sollte jetzt lieber gehen."

Ohne gewohnten Kuss, ging Sandra. Clara erkannte ihre Enttäuschung, aber sagte nichts.

Völlig im Unklaren, und verstört kam Sandra bei Claudia an. Sie berichtete über das Geschehene und zeigte ihr die Nachricht auf dem Handy.

Claudia war erschrocken: „Oh mein Gott. Ist es so, wie ich vermute?"

Sandra antwortete: „Ich möchte gar nicht daran denken, wie es aussieht. Julia wird es mir sicher erklären können. Sollte es so sein, wie du es vermutest, dann stell dich bitte schon jetzt auf das unumgängliche, zwischen uns beiden ein. Ich denke du weißt was ich damit meine."

Claudia: „Ich bin jeder Zeit für dich da, das weißt du auch. Ich denke, Julia wird es erklären können. Soll ich die Boutique schließen?"

Sandra: „Nein, gerne kannst du mich jetzt alleine lassen. Ich werde in der Wohnung auf Julia warten."

Nichts ahnend, ging Julia nach der Schule zu Clara. Sie besuchte sie, nachdem sie Anne nachhause begleitete.

Julia war sehr aufgeregt und quatschte ohne Pause auf Clara ein: „Heute in der Pause ist es passiert, Clara. Anne und ich spielten an uns herum, du weißt schon wie, als wir von Mark, den gutaussehenden Jungen aus meiner Schule, der zwei Klassen ober mir ist, erwischt wurden. Er gestand seine Liebe zu mir. Daraufhin, wie auch immer, wurde es zu einem Dreier. Mark entjungferte mich und Anne küsste mich. Oh, ich weiß gar nicht, womit ich anfangen soll. Es war herrlich, Clara. Mark war sehr einfühlsam und zärtlich. Die Schmerzen küsste Anne weg, und…"

Clara unterbrach sie: „Schatz, ich freue mich sehr für dich. Habt ihr verhütet?"

Julia war noch immer wie elektrisiert: „Ja, nachdem Anne zuerst mit ihrem Finger in meiner Vagina spielte, half sie ihm dann, beim Kondom. Und dann lag er über mir, und ich spürte, wie er in mich…"

Clara: „Großartig, Julia. Dieses erste Mal, begleitet dich dein ganzes Leben. Erzähl es deiner Mama. Lass sie teilhaben, auch an deinem intimen Leben. Da ist leider noch etwas, was du ihr, erklären solltest. Deine Mama bekam ein Foto, auf dem wir beide engumschlungen zu sehen sind. Mit einem fragwürdigen Text. Bitte sprich ehrlich und öffne dich, deiner Mama."

Julia: „Hat das nicht Zeit? Clara, ich muss dir alles erzählen, es war mein schönster Moment in meinem Leben. Zerstöre es bitte nicht."

Clara hatte für Julia das vollste Verständnis und wollte sie auf keinen Fall enttäuschen. Mit Begeisterung erzählte Julia, jede Sekunde, jeden noch so kleinen Moment, von ihrem großen Erlebnis.

Julia hatte ein unbeschreibliches Vertrauen zu Clara. Jedes Detail erzählte sie peinlichst genau. Und vor allem, was sie bei jedem Tun des anderen, spürte und auch fühlte. Clara hatte schon das Gefühl, als wäre sie live dabei gewesen, so genau erzählte Julia über ihr erstes Mal. Und, das gleich mit einem Mädchen und einem Jungen zusammen. Julia war sehr stolz darauf, zuerst lesbisch begonnen zu haben und schließlich, doch im heterosexuellen Sinne, ihre Jungfräulichkeit verloren zu haben.

Erst Stunden später, nachdem sie alles erzählt hatte, ging sie heim.

Zuhause wurde sie von Sandra erwartet. Julia wollte langsam über ihr Erlebtes berichten, aber Sandra drängte auf eine Erklärung der Nachricht.

Julia, die noch immer aufgeregt und aufgewühlt war, erklärte es etwas Verwirrend: „Mama, ich bin keine Jungfrau mehr. Meine Besuche bei Clara waren wichtig für mich."

Sandra schrie laut: „Was, du hast Clara besucht und du bist jetzt keine Jungfrau mehr? Seid ihr beide verrückt?"

Julia: „Nein, Mama, nicht so wie du denkst. Lass es mir langsam ohne Stress erklären."

Sandra: „Was gibt es da zu erklären? Hattest du mit Clara, sexuellen Kontakt? Ja oder Nein?"

Julia: „Ja und nein. Mama, bleib bitte ruhig. Du verdirbst mir den schönsten Moment in meinem Leben, wenn du so schreist."

Sandra: „Natürlich schreie ich, wenn ich erfahre, dass du mit einer Prostituierten verkehrst."

Jetzt schrie auch Julia: „Sie heißt Clara, hast du es schon vergessen? Das ist genau der Grund, warum ich dir nichts erzähle. Du reimst dir etwas zusammen und ich habe keine Chance, es dir in Ruhe zu erklären. Ja, ich war bei Clara, mehrmals. Meine Jungfräulichkeit verlor ich heute, bei einem Dreier. Hierbei war Clara nur in meinen Gedanken, weil sie die beste Freundin ist, die man sich nur wünschen kann."

Zu ihrem lauten Geschrei kamen Tränen hinzu, sie schrie weiter: „Mein Wunsch war es, mein erstes Mal mit ihr zu haben, doch Clara lehnte es ab. Sie war es, dir mir vor Augen hielt, ich solle auf mein Herz hören und es auf mich zukommen lassen. Und, ja. Heute wurde ich sowohl lesbisch als auf hetero, gevögelt. Verstehst du? Ich wurde gefickt und es gefiel mir. Und was machst du? Du zerstörst mir dieses schöne Gefühl, mit Beschuldigungen, die einfach nur bescheuert sind."

Julia ließ sich weinend auf die Couch fallen. Sandra weinte ebenfalls und umarmte ihre Tochter mit den Worten: „Es tut mir so leid."

Es verging eine gefühlte Ewigkeit bis Julia sich beruhigt hatte. Sandra erkannte, dass sie mit falschen Verdächtigungen, den schönen Moment ihrer Tochter, zunichte gemacht hatte. Sie schämte sich sehr dafür und kämpfte verbissen gegen die Bestrafungs-Sucht, die entflammt wurde.

Sandra hielt dem innerlichen Druck stand und sprach mit ruhiger Stimme: „Können wir nochmals von vorne anfangen? Ich würde mich sehr darüber freuen, wenn du mir deine wunderschöne Geschichte, deines ersten Mals, erzählen könntest."

Julia wischte sich die Tränen aus dem Gesicht und sagte: „Ja, aber nur wenn du mir vertraust, und auch Clara für ihr Versprechen meinetwegen, nicht verurteilst. Clara ist die tollste Frau die ich kenne. Sie ist deine Freundin, die dich über alles liebt und schätzt."

Sandra: „Das verspreche ich dir sehr gerne, mein Schatz. Bitte nimm meine Entschuldigung, für mein Benehmen an."

Sie umarmten sich und Julia begann über ihr intimes Erlebnis zu erzählen.

Am späten Abend, gingen Sandra und Julia zu Clara, um sich für ihr jeweiliges Verhalten zu entschuldigen.

Julia entschuldigte sich dafür, dass sie wegen ihrer Bitte, die Treffen geheim zu halten, Clara in eine missliche Lage gebracht hatte.
Clara war ihr deswegen nicht böse. Julia ging anschließend zu Anne.

Sandra entschuldigte sich für ihr Misstrauen und die falschen Verdächtigungen. Auch ihr konnte Clara nicht böse sein.
Trotzdem beteuerte sie immer wieder: „Wie konnte ich nur im Ansatz daran glauben, dass du mit Julia, du weißt was ich meine. Ich schäme mich so sehr dafür."

Clara beruhigte sie: „Oft sagen Bilder mehr als Worte, sagt man. Ein Foto plus die Dramatisierung von Petra? Naja und schon war es passiert. Komm schon, Sandra. Es ist alles wieder gut."

Sandra bedankte sich mit einer festen Umarmung bei Clara. Dann sagte sie: „Warum, versucht Petra alles schlecht zu machen? Ist es wirklich ihre kranke Eifersucht?"

Clara: „Ich denke schon. Sie möchte dir beweisen, dass nur sie die richtige Frau für dich ist. Alle Konkurrentinnen werden aus dem Spiel gefegt. Vielleicht liege ich völlig falsch? Das weiß nur Petra alleine."

Sandra: „Dich als Freundin zu haben, ist ein wahres Geschenk. Das sagte sogar Julia. Ich möchte dir noch etwas anvertrauen. Durch die blöde Situation heute und das Ungewisse, wurde meine Sucht aktiv. Durch die Liebe zu meiner Tochter konnte ich widerstehen. Oder, das Verlangen, ich weiß nicht genau warum, aber ich brauchte kein Opfer für meine Sucht-Stillung."

Clara: „Sag niemals Opfer zu denen, die dir in dieser Situation helfen. Ich bin mir ganz sicher, dass Claudia es genau so empfindet wie ich bisher. Aus Liebe zu dir, scheint es einem nicht schlimm und man macht es sehr gerne. Egal wie hart und wild es ausfällt."

Sie unterhielten sich noch eine Zeit lang, bis Sandra wieder zu ihrer Claudia ging.

Nach einem kurzen entspannten Gespräch, gingen sie ins Bett. Die harmonische Situation nahmen sie zum Anlass, eine wunderschöne und intime Nacht zu haben. Beide Frauen, wurden gleichermaßen verwöhnt und befriedigt.

Die nächsten Tage standen ganz im Zeichen der bevorstehen Hochzeit von Sandra und Claudia. Auch wenn es nur im kleinsten Rahmen geschehen sollte, so war trotzdem noch einiges zu tun.

Den Standesamt-Termin hatten sie schnell fixiert bekommen. Für den Ort der anschließenden Hochzeitsfeier, haben sie sich für das Lager in Claudias Boutique entschieden. Für die wenigen geladenen Gäste, war der Raum groß genug. Ausgeräumt musste dieser noch werden. Hierbei half Sandras Tochter Julia, mit ihrer Freundin Anne und Clara. Noch bevor sie so richtig damit begannen, machten sie eine private Modenschau. Zu verlockend waren die Designer-Klamotten, die Claudia im Lager hatte. Von der heiteren Stimmung angelockt, kamen schließlich auch Claudia und Sandra dazu. Die Frauenrunde, hatte sehr viel Spaß. Sie zogen sich immer wieder um und jedes Outfit musste ausprobiert werden.

Als Anne bemerkte, dass Sandra keinen Slip anhatte, fragte sie flüsternd Julia: „Warum trägt deine Mama kein Höschen?"

Julia: „Meine Mama, kennt man gar nicht anders. Sie meint, das würde sie einengen."

Anne: „Respekt. Ich hasse nämlich auch Unterwäsche. Gerne würde ich auch den Mut, wie deine Mama haben. Das wäre viel luftiger und auch erotischer. Wie alt ist deine Mama?"

Julia: „Sie wurde vor kurzem 30 Jahre alt."

Anne rechnete und sagte: „Oh, sie bekam dich mit 16 Jahren, und wurde echt mit 15 Jahren schwanger? Wahnsinn. Sie hat einen sehr gepflegten und perfekten Körper. Du kannst sehr stolz auf deine Mama sein."

Julia: „Das bin ich auch. Sehr sogar."

Mit viel Spaß verkleideten sich die Frauen und die Stimmung wurde noch heiterer, als Claudia eine Flasche Champagner öffnete, und Julia die Musikanlage lauter drehte. Sie tanzten und blödelten auch herum. Claudia setzte einen Hut auf und zog diesen bis zu den Augenbrauen ins Gesicht. Dann nahm sie ein Seidentuch und warf es über ihre Nase und den Mund, wie eine orientalische Tänzerin. Alle lachten, nur Clara wurde ganz still. Jetzt wusste sie, von wo sie diese Augen kannte. Sie versuchte die Situation zu überspielen, obwohl es sie innerlich schockierte. Sie rang mit sich selbst, aber entschied dann doch, aus Liebe zu Sandra, zu schweigen.

Da die spontane Party bis spät in die Nacht dauerte, bestand Claudia darauf, dass alle in ihrer Wohnung übernachteten.

Die ganze Nacht über grübelte Clara, ob sie es ansprechen sollte. Bereits beim ersten Treffen, äußerte sie, dass ihr Claudias Augen bekannt vorkommen würden, aber sie nicht wisse woher. Doch bei der gestrigen Party erkannte sie diese Augen und wusste nun, auch warum.

Sie fragte sich in Gedanken: „Soll ich es Sandra sagen? Die Hochzeit mit Claudia, ist für sie ein ganz besonderes Ereignis. Was sind die Konsequenzen, wenn ich es sage? Vermutlich bringt das keinem etwas. Oh Gott, ich werde noch verrückt."

Grübelnd und schlaflos, lag Clara bis zum Erwachen der anderen, auf der Couch. Sandra schlief mit Claudia im Hauptschlafzimmer. Julia und Anne, im Gästezimmer, das seit dem Einzug bei Claudia, ihr Teenagerzimmer wurde.

Als Claudia und Sandra aus dem Zimmer kamen, waren sie sehr heiter und gut gelaunt. Sie bereiteten das Frühstück zu und Sandra weckte die Teenager auf.

Nach dem gemeinsamen Frühstück, beseitigten sie das gestern angerichtete Chaos im Lager. Immerhin, sollte es zu einer Hochzeitsfeier, umfunktioniert werden. Sandra fiel auf, dass Clara offensichtlich nicht gut gelaunt war.

Sie sprach sie an: „Geht es dir nicht gut?"
Clara antwortete: „Nein, anscheinend rächt sich der Champagner von gestern. Ich hatte schon lange Zeit keinen Alkohol mehr konsumiert."

Sandra war besorgt: „Dann, ruh dich bitte aus. Hey, du musst die nächsten Tage fit sein. Möchtest du dich oben wieder hinlegen?"

Claudia, Julia und Anne, waren derselben Ansicht. Clara gehörte ins Bett.

Clara: „Ich werde mich daheim ausruhen, in meinem Bett. Ist das für euch, okay?"

Natürlich, bejahten dies alle Beteiligten. Sie verabschiedeten Clara und dann machten sie mit dem Aufräumen weiter.

Kurze Zeit später rief Herr Baumann, bei Sandra an. Er fragte: „Frau Sommer, wann werden sie wieder im Büro erscheinen?"

Sandra antwortete: „Herr Baumann, ich kann mich erinnern, dass sie auf Anordnung eines Kunden, mich beurlaubt hatten."

Herr Baumann: „Wie lange werden sie diesen noch in Anspruch nehmen? Sie sind für mich unentbehrlich im Büro."

Sandra: „Aha, jetzt so plötzlich?"

Herr Baumann: „Frau Sommer, lassen sie mich bitte nicht betteln. Ja, sie sind meine beste Mitarbeiterin."

Sandra: „Aufgrund eines bescheuerten Kunden, der mich als Schlampe bezeichnet hatte und sie keinen Anstand zeigten, um mich zu verteidigen, werde ich hiermit kündigen, Herr Baumann. Ich habe es nicht nötig, von einem herumvögelnden Rotlicht-Geher, wie ihr Kunde es ist, mich beleidigen zu lassen. Mit solch einem Klientel, möchte ich nichts mehr zu tun haben. Alles Gute, Herr Baumann."

Claudia war erstaunt, wie sie ihrem Chef, die Stirn zeigte. Sie sagte: „Gut gemacht. Frau Sommer, es gäbe eine freie Stelle in der Boutique?"

Sandra: „Okay? Für welche Tätigkeit, würden sie mich engagieren?"

Claudia: „Als Pausensnack für die Chefin?"

Daraufhin lachten sie und kitzelten sich gegenseitig.

Bis in die Abendstunden dauerten die Vorbereitungen. Julia ging mit Anne, um bei ihr zu schlafen. Claudia und Sandra waren heute zu müde, um sexuell etwas anzustellen.
Was am Abend nicht mehr ging, holten sie in der Früh nach. Das war der letzte Tag vor ihrer Hochzeit.
Es schien, als würden sie die Hochzeitsnacht vorverlegt haben. Sie konnten einfach nicht aufhören, sich gegenseitig zu verwöhnen. Die wenigen Pausen nutzten sie gerade einmal für Toilettengang und um Wasser zu trinken.

Nach jedem: „Jetzt ist aber Schluss, noch ein wenig kuscheln und dann stehen wir auf."

…begann die andere, abermals mit sexuellen Berührungen.

Währenddessen, kam Clara nach reiflicher Überlegung zu dem Entschluss, bezüglich Claudia zu schweigen. Um nichts auf dieser Welt, wollte sie diesen schönen und einzigartigen Moment, ihrer liebsten Freundin Sandra, verderben. Sie dachte sich: Vielleicht würde sie es irgendwann bereuen? Sie spürte, dass ihre Liebe zu Sandra stärker war.

Der Hochzeitstag:

Bereits am frühen Morgen standen Sandra und Claudia auf. Der Standesamt-Termin war für 10 Uhr fixiert. Julia kam zur Unterstützung und organisierte mit Anne, die Feier für etwa 30 Personen. Claudias Stammkunden waren geladen. Von Sandras Seite, waren neben ihrer Tochter, nur Clara mit dabei.

Als mittlerweile die Friseurmeisterin wegen der Haare und dem Make-up in die Boutique kam, verabschiedete sich Sandra mit einem dicken Kuss von Claudia.
Claudia wurde von der Friseurmeisterin, die auch zu ihren Stammkunden zählte, für den schönsten Tag im Leben zurechtgemacht.

Bei Sandra war alles einfacher. Sie ging wie vereinbart zu Clara, um mit ihrem Beisein sich hübsch zu machen. Ihr Hochzeitskleid war sowieso bei ihr, damit es Claudia nicht im Vorhinein sehen konnte.
Clara frisierte die Haare ihrer Freundin und zupfte an ihr herum. Damit Sandra perfekt aussieht, tat Clara alles für ihre ehemalige Freierin. Jedes Detail musste perfekt sitzen. Zusammen waren sie relativ entspannt und hatten ihren Spaß.
Für Clara war es gar nicht so einfach, dass ihre wahre Liebe, eine andere Frau heiratet. Den

innerlichen Schmerz spürte sie mit jeder Minute. Um so wichtiger war es für sie, dass Sandra einen perfekten Start in ihr Eheleben hatte. Sie glücklich zu sehen, war für sie ein besonderes Anliegen.

Die Zeit verflog wie im Flug. Clara kam mit dem Brautkleid zu Sandra. Beim Anblick, bekam Sandra feuchte Augen. Clara lächelte sie liebevoll an und sagte: „Das ist der Neubeginn, in deinem Leben, Süße. Du wirst umwerfend damit aussehen."

Sandra kamen Zweifel: „Ist es die richtige Entscheidung?"

Clara: „Die Antwort, weiß dein Herz, lass dich von der Nervosität nicht blenden."

Sandra: „Ja, es fühlt sich schon richtig an. Claudia ist ja auch eine tolle Frau und Partnerin. Ich denke oft daran, was wäre, wenn wir beide..."

Clara unterbrach sie: „Oh Süße, denk nicht darüber nach. Heute ist dein besonderer Tag. Eine Prostituierte heiratet man auch nicht."

Sandra: „Du bist ja keine mehr. An unsere gemeinsamen Stunden, muss ich sehr oft denken. Natürlich besuchte ich dich durch meine Sucht, aber die Stunden waren immer etwas ganz Besonderes. Es gab auch Besuche, an denen ich einfach nur Sehnsucht nach dir hatte und dich einfach spüren wollte. Dass ich an einer Sex-Sucht leide, ist kein Geheimnis. Ich habe ständig den Drang nach sexueller Befriedigung. Manchmal genügt es, wenn ich Liebeskugeln in mir trage und dann brauche ich wieder die Wärme einer Frau dazu. Sexsüchtig zu sein, ist echt nicht leicht. Oft brennt meine intime Zone schon und ich kann nicht aufhören. Schlimm wird es, wenn die Sucht umschlägt, zur Selbstbestrafung. In diese Situation komme ich meistens, wenn ich in eine Sackgasse getrieben werde, wo ich das Gefühl habe, ich stecke fest. Mit einem harten und wilden Sex, löst sich das Eingeengte wieder. Es ist verrückt, aber ich muss es einfach so akzeptieren, dass ich darunter leide. Eine Heilung gibt es im medizinischen Bereich nicht, nur eine Linderung durch viel Sexualität und durch den liebevollen Umgang einer Partnerin, die mich so nimmt, mit allen Stärken und Schwächen. Nicht zu vergessen, die mit meiner Sex-Sucht-Erkrankung umgehen kann. Ja, und diese Frau habe ich mit Claudia gefunden, denke ich."

Clara: „Das denkst du? Das musst du doch spüren, nicht denken."

Sandra: „Ja, ich denke, dass ich es spüre."

Clara: „Das ist ein Widerspruch in Sich, Süße. Aber, ich weiß, was du damit meinst. Deine Sex-Sucht ist kein Einzelfall. Viele Frauen leiden darunter. Durch permanenten Sex ist die Sucht gestillt. Was bei dir sehr ausgeprägt ist, ist deine Sucht nach Selbstbestrafung. Eine Frau, die dich wirklich von ganzem Herzen liebt, denkt über das gar nicht nach. Es gehört zu dir und genau, das ist es, was dich auch ausmacht. Nicht du musst Claudia dankbar sein, sondern sie, die dich heiraten darf."

Sandra: „Höre ich, eine Eifersucht in deiner Stimme?"

Clara: „Nennen wir es, Helikopter-Liebe einer Frau, die dich immer und ewig lieben wird. Ich möchte dich einfach beschützen, Süße, okay?"

Sandra umarmte Clara liebevoll und sagte: „Du bist einfach die Beste. Wenn ich Claudia nicht…"

Clara küsste sie auf den Mund und sagte dann: „Denk gar nicht daran, okay? So, meine Süße, ab ins Brautkleid mit dir. Entkleide dich von dem, was du trägst."

Sandra zog sich aus und bevor sie das Brautkleid anzog, lächelte sie und fragte: „Wo ist dein Slip, für mich? Ohne deinem Slip, werde ich nicht heiraten. Also?"

Clara: „Ich fühle mich wirklich sehr geehrt, dass du meinen Slip zu deiner Hochzeit mit einer anderen Frau tragen möchtest. Aber, ist das nicht irgendwie eigenartig, ja, schon etwas pervers?"

Sandra: „Für mich nicht. Es ist mein Glücksbringer. Also, ziehe deinen bitte aus."

Clara: „Was? Den ich jetzt trage, möchtest du haben?"

Sandra: „Natürlich, welchen sonst?"

Clara lachte und übergab ihren Slip an ihre Freundin. Als Sandra diesen angezogen hatte sagte sie: „Jetzt werde ich durch einen Teil von dir befriedigt. Er beschützt mich und dein Duft ersetzt die Liebeskugeln."

Clara: „Süße, du heiratest, vergiss das nicht."

Zeitgerecht wurden sie fertig und fuhren zum Standesamt. Vor dem Gebäude sahen sich Sandra und Claudia zum ersten Mal im Brautkleid.
Sandra trug ein knielanges weißes Kleid, mit trägerlosem und tiefem Dekolleté.
Claudia war in einem bodenlangen Prinzessinnen Kleid erschienen. Viel weiße Spitze und ein langer Schleier.

Beide bekamen feuchte Augen und waren sehr glücklich und überwältigt. Claudias Gäste applaudierten, als sich das Paar küsste. Clara stand mit Julia und Anne, hinter Sandra.

Nach einigen Minuten ging das Brautpaar, händchenhaltend in das Gebäude. Die Gäste versammelten sich im Trauungssaal.
Sandra und Claudia gingen langsam zur Standesbeamtin, die die Trauung vollziehen wollte. Eine freudige Rede, der Standesbeamtin rührte die Gäste genauso wie das Brautpaar.

Bei den entscheidenden Fragen der Standesbeamtin an das Brautpaar, standen alle Gäste auf: „Claudia, willst du die hier anwesende Sandra, zu deiner Ehepartnerin nehmen? Sie lieben und ehren, in guten sowie in schlechte Zeiten?"

Claudia antwortete: „Ja, ich will."

Dann stellte die Standesbeamtin, Sandra die Frage: „Sandra, willst du die hier anwesende Claudia, zu deiner Ehepartnerin nehmen? Sie lieben und ehren, in guten sowie in schlechten Zeiten?"

Die Tür ging auf und eine Stimme sagte: „Nein"

Es war Petra, die in den Saal kam.

Das Brautpaar und die Gäste blickten zu Petra und ihrem Gefolge in Uniform. Petra sagte: „Claudia, das Spiel ist vorbei. Ich verhafte dich wegen Anstiftung zur Vergewaltigung und Misshandlung, sowie für die Drohungen und versuchtem Mord an Clara Wagner."

Sandra war schockiert und schrie: „Was soll das Petra? Bist du jetzt komplett verrückt geworden?"

Clara erklärte den Sachverhalt, im Beisein von Oberst Pramer: „Nein Sandra. Es tut mir sehr leid. Es ist bewiesen. Claudia wollte Clara beseitigen. Sie war es, die dir, die Fotos und die Nachrichten gesendet hatte. Die Misshandlung und die Vergewaltigung an Clara, verübte unter ihrer Anwesenheit, Karl Krause. Claudia sah dabei zu und gab die Anweisungen."

Sandra war empört: „Niemals würde Claudia so etwas zulassen."

Clara mischte sich ein: „Doch Sandra. Petra, lügt nicht. Das Einzige, was ich während dem Anschlag sah, waren die sehr auffälligen Augen von Claudia. Ich erzählte dir davon, dass ich sie von irgendwoher kenne, aber nicht gleich zuordnen konnte. Petra hat Recht. Claudias Augen, haben sie verraten. Sie war die zweite Person und sie sah dabei zu."

Sandra war schockiert und fragte: „Clara, warum hattest du es mir nicht schon früher gesagt?"

Clara: „Du bist so glücklich gewesen und das wollte ich nicht zerstören. Die Tat an meiner Person, ist hierbei zweitranging. Ja, sie war während ich vergewaltigt und misshandelt wurde, anwesend. Dieser Blick von ihr, drang bis in die letzte Zelle meines Körpers. Auch wenn sie aus Eifersucht mich beseitigen wollte, so glücklich habe ich dich an ihrer Seite gesehen. Meine Wunden werden verheilen. Dein Glück und deine Liebe, war mir wichtiger. Ich schwieg mit dem Vertrauen, dass sie dir nichts angetan hatte. Ihr Zorn war an mich gerichtet. Dich wollte sie nur einschüchtern."

Sandra: „Wie konntest du nur schweigen? Glaubst du, ich könnte mit einer Frau zusammen sein, die dich beseitigen wollte? Niemals, Clara. Es wäre deine Pflicht gewesen, mich zu informieren."

Eine uniformierte Polizistin legte Claudia die Handschellen an, als Sandra sie anschrie: „Claudia, Warum hast du das getan?"

Claudia äußerte sich: „Die Hure war dir immer wichtiger als ich. Meine Liebe hattest du nicht einmal bemerkt. Nein, stattdessen, hast du dich von ihr vögeln lassen. Ich musste, für unsere

Liebe so entscheiden. Es war mir eine Genugtuung, als Karl sie anständig fickte. Leider war Karl ein Weichei und zu blöd, es zu vollenden. Somit musste ich im Krankenhaus nachhelfen. Deine verhängnisvolle Sucht, sollte nicht dir zum Verhängnis werden, sondern dieser Hure."

Sandra: „Du ekelst mich an."

Sandra ging zu Clara, nahm ihre Hand und sagte zu Claudia: „Schon allein der Gedanke, dass du Clara das angetan hattest und mich während meiner Betroffenheit und Sorge um sie, angelogen hast, zeigt wie krank du bist. Wie kann man nur auf so einen Plan kommen?"

Claudia: „Der Plan war perfekt. Immerhin bekam ich dich. Nur die Hure hat es zunichte gemacht. In der Hölle solltest du schmorren."

Entsetzt drehte sich Sandra zu Clara und sprach: „Bitte, verzeih mir meine Naivität, und meine Blindheit."

Dann drehte sie sich wieder zu Claudia: „Es liegt nicht am Job, Claudia, sondern an dem Menschen selbst. Meine Besuche bei Clara, beruhten nicht nur auf sexueller Ebene, sondern auch wegen der Liebe. Noch etwas möchte ich dir auf den Weg geben. Ich zweifelte schon im

Vorhinein an unserer Ehe. Es schien mir als richtig an und auch als vernünftig, mit dir die Ehe einzugehen. Doch, tief im Herzen, liebte ich schon lange Zeit, eine andere Frau. Diese Liebe durfte ich nicht wahrhaben, weil ich ihre Freierin war. Ein alter Spruch sagte, eine Prostituierte darf niemals ihre Freierin lieben und auch umgekehrt. Das war der einzige Grund, warum ich Clara niemals als meine Frau angesehen hätte. Aber jetzt verstehe ich die wahre Liebe."

Oberst Kramer beendete die Unterhaltung und ließ Claudia abführen. Anschließend sagte er zu Sandra: „Karl Krause hat alles gestanden, in Bezug auf Clara Wagner und auch die Vergewaltigung an ihrer Person. Er wird sich dafür verantworten müssen. Noch etwas möchte ich anmerken. Ich zweifle oft an den Ermittlungsmethoden der Kollegin Petra Steiner, aber ohne ihren Ehrgeiz und Willen, wäre es nicht aufgedeckt worden. Besonders um ihre Person, Frau Sommer, ging ihr Einsatz, über jegliche körperliche, ja, nennen wir es Arbeit, hinaus. Ich wünsche ihnen alles Gute Frau Sommer und auch ihnen Frau Wagner."

Als Petra mit Oberst Pramer gehen wollte, hielt Sandra sie zurück. Sie nahm ihre Hand und sagte: „Danke Petra. Nach den Anspielungen von deinem Chef, möchte ich gar nicht wissen, wie du es beweisen konntest. Doch, bin ich dir aufrichtig dankbar, für deinen polizeilichen Einsatz und, hoffentlich auch weiterhin als sehr gute Freundin."

Petra umarmte Sandra und Clara.
Für die geladenen Gäste war es ein Schock.
Niemals hätten sie sich das jemals von Claudia vorstellen können.

Julia hatte damit sehr zu kämpfen, dass ihr Vater, nicht nur ihre Mutter vergewaltigte, sondern auch Clara. Nicht zu vergessen, dass er gemeinsam mit Claudia, Clara beinahe zu Tode misshandelt hatte. Für Julia war klar, mit diesem Menschen, wollte sie nichts mehr zu tun haben.
Ihre Freundin Anne, half ihr über diese schwere Zeit. Sie stand ihr mit all ihrer Liebe zur Seite.

Zwei Wochen später:

Sandra und Julia zogen am selben Tag, nach der Verhaftung von Claudia, zu Clara. Die Wohnung gehörte sowieso noch Sandra. Nun wohnten sie gemeinsam. Julia pendelte zwischen Mutter und Anne. Sie äußerte ihren Wunsch, eine eigene Wohnung haben zu wollen.
Daraufhin sagte Clara zu Julia, in Anwesenheit von Sandra: „Ich hatte das letzte Jahr, nur eine Kundin. Mein Geschäft gab ich eigentlich auf, nur für diese eine Kundin nicht. Die gesamten Einnahmen von dieser Kundin, sparte ich zusammen und möchte es dir, für deine eigene Wohnung übergeben."

Sandra und Julia schauten sich fragend an. Sandra fragte dann nach: „Verstehe ich das jetzt richtig? Diese angesprochene Kundin, war ich? Das komplette Geld, das du von mir bekommen hast, spartest du?"

Clara: „Ja, meine Süße. Es war mir zu wertvoll, es auszugeben. Ich habe genug Geld erarbeitet, und war auf deines nicht angewiesen. Jetzt möchte ich es deiner Tochter geben, für ihren Start ins Leben."

Julia war begeistert und unendlich dankbar. Sie sprang auf Clara und drückte sie ganze fest. Sandra lächelte und begann zu weinen.

Clara fragte Sandra: „Warum weinst du?"

Sandra schluchzte: „Wie konnte ich das übersehen, was für eine wunderbare und einzigartige Frau du bist."

Clara: „Vielleicht war die Zeit nicht reif genug, es zuzulassen. Tja, und jetzt? Eine Ex-Prostituierte mit ihrer Ex-Freierin, ohne Job?"

Sandra: „Da wird uns schon etwas einfallen. Das wichtigste ist jetzt, dass wir endlich zueinander gefunden haben."

Ein Besuch von Herrn Baumann unterbrach ihre Unterhaltung. Sandra bat ihn, in den Vorraum. Herr Baumann sagte: „Frau Sommer, ich möchte es kurz machen. Ich brauche sie im Büro. Sie sind wirklich unentbehrlich für mich. Die Zusammenarbeit mit dieser Sicherheitsfirma beendete ich einen Tag später, als mir klar wurde, dass mir meine Angestellte, wichtiger ist, als ein bescheuerter Kunde. Ich möchte meine Firma neu ausrichten und hierfür biete ich ihnen eine Partnerschaft an. In erster Linie, möchte ich mit ihnen zusammen, Betriebe beraten und begleiten. Was sagen sie dazu?"

Sandra überlegte kurz und antwortete: „Klingt interessant. Eine Partnerschaft möchte ich aus zeitlichen Gründen nicht eingehen, hierfür ist mir meine Freizeit zu wertvoll. Aber, als freie Mitarbeiterin, könnte ich mir es vorstellen."

Herr Baumann: „Verstehe, jetzt wo sie verheiratet sind. Mit einer freien Mitarbeiterin bin ich auch nicht so ganz einverstanden. Ich ernenne sie zur Chefassistentin, mit flexibler Zeiteinteilung und dem Gehalt eines Top-Managers."

Sandra: „Die Hochzeit wurde geplatzt, oder besser gesagt, sie wird neu ausgerichtet. Früher oder später, werde ich verheiratet sein. Nun zum eigentlichen Thema. Ich gehe auf ihren Vorschlag ein, wenn sie zur Unterstützung eine Rechtsanwältin in unser Team holen. Gerade bei Beratungen sind juristische Beistände, Goldes Wert."

Herr Baumann: „Gut, ich werde unverzüglich eine Anzeige aufgeben. Muss sie weiblich sein?"

Sandra: „Ja, das ist meine Bedingung."

Herr Baumann: „Kein Problem. Ich werde mich darum kümmern."

Sandra: „Gut. Ich möchte ihnen noch meine Familie vorstellen, wenn sie bitte folgen möchten?"

Im Wohnzimmer sagte Sandra: „Herr Baumann, das ist Julia, meine Tochter. Und, die gutaussehende Frau ist meine geliebte Partnerin, eine Jus-Absolventin mit Doktortitel."

Herr Baumann lächelte: „Sehr angenehm. Das heißt, die Anzeige hat sich erübrigt?"

Sandra: „Wenn sie bereit sind ein zukünftiges Ehepaar einzustellen, könnten sie sich die Anzeige ersparen."

Herr Baumann war begeistert.

Nachdem der Besucher fort war, fragte Clara: „Zukünftiges Ehepaar?"

Sandra kniete vor Clara zu Boden und fragte: „Meine liebe Clara. Du bist die tollste und liebevollste Frau die ich kenne. Möchtest du meine Ehefrau werden?"

Clara war total happy und schrie das Ja, in die ganze Welt hinaus.

Mit diesem Schritt, beweisen Clara und Sandra, dass sehr wohl eine Prostituierte ihre Freierin, aus wahrer Liebe heiraten darf. Liebe ist eben stärker, als gesellschaftliche Vorurteile und Meinungen.

Die Kriminalkommissarin Petra Steiner, wurde zur besten Freundin von Sandra und Clara. Wegen ihrer kranken Eifersucht, machte sie eine Therapie. Für ihre zukünftigen Ermittlungen, setzte sie ihren Körper nicht mehr sexuell ein.

Bei der Hochzeit von Sandra und Clara, war neben Julia, nur Petra geladen. Julia kam in Begleitung mit ihrer Partnerin Anne und mit ihrem Freund Mark. Sie stand zu ihrer Bisexualität und nahm beide zu Mamas Hochzeit mit.

Die Hochzeitsnacht dauerte über 3 Tage.

Ihre Lust-Schrei-Gestöhne, waren gefühlt, über den ganzen Globus zu hören.

Das ist das Ergebnis, wenn lesbische Frauen, die sich voll und ganz lieben, die jeweilige Partnerin verwöhnen und verführen.

Auch, wenn die konservativen „Heiligen" dies nicht für „Normal" ansehen, so zeigen die lesbischen Frauen, wie die richtige Verführung bis zum ultimativen und explosionsartigen Höhepunkt funktioniert.

ENDE DER GESCHICHTE

Nachsatz des Autors, der Heterosexuell ist, und der Frauen liebt und schätzt:

Die sexuellen Erzählungen sind wahre Geschichten von lesbischen Paaren. Es mag vermutlich nicht auf alle Paare zutreffen, doch handeln diese Erzählungen von Paaren, die diese dem Autor anvertrauten und offenbarten.
Ebenso die sexuellen Erzählungen der Buch-Figur Sandra, bezüglich ihrer Sex-Lust, inklusive wildem und hartem Sex, zwecks Selbstbestrafung, sind wahre Erlebnisse, einer betroffenen Frau.

Theaterstücke von Manfred Bilinsky

Mein Wunsch für mich
https://www.theaterboerse.de/verlag/autor/256_bilinsky-manfred

Annabellas sonniger Schatten
https://www.theaterboerse.de/verlag/autor/256_bilinsky-manfred

Auf Umwegen zur Selbstfindung

Affären zur Glückseligkeit

Buch-Romane von Manfred Bilinsky

Zeichen der Liebe
Verlag: Re Di Roma-Verlag (2013) ISBN: 9783868705355

Der Kreis der Drei
Verlag: Re Di Roma-Verlag (2015) ISBN: 3868707913

Zweigleisige Begierde
Verlag: Re Di Roma Verlag (2017) ISBN: 9783961032075

Spiegelverkehrte Affären
Verlag: BoD (2018) ISBN: 9783743154155

Der intime Schlüssel
Verlag: BoD (2019) ISBN: 9783748158592

Die begehrte Sennerin
Verlag: BoD (2019) ISBN: 9783732287307

Eine verhängnisvolle Sucht
Verlag: BoD (2022) ISBN: 9783756222346